EN

Georges Simenon, é
Liège en 1903. Il d
lorsqu'il devient jo
chargé des faits dive
rumeurs de sa ville.
nyme de Georges S
*petite histoire liégeoise*. En 1922, il s'installe à Paris avec son épouse peintre Régine Renchon, et apprend alors son métier en écrivant des contes et des romans-feuilletons dans tous les genres : policier, érotique, mélo, etc. Près de deux cents romans parus entre 1923 et 1933, un bon millier de contes, et de très nombreux articles...

En 1929, Simenon rédige son premier Maigret qui a pour titre : *Pietr le Letton*. Lancé par les éditions Fayard en 1931, le commissaire Maigret devient vite un personnage très populaire. Simenon écrira en tout soixante-douze aventures de Maigret (ainsi que plusieurs recueils de nouvelles) jusqu'à *Maigret et Monsieur Charles*, en 1972.

Peu de temps après, Simenon commence à écrire ce qu'il appellera ses « romans-romans » ou ses « romans durs » : plus de cent dix titres, du *Relais d'Alsace* paru en 1931 aux *Innocents*, en 1972, en passant par ses ouvrages les plus connus : *La Maison du canal* (1933), *L'homme qui regardait passer les trains* (1938), *Le Bourgmestre de Furnes* (1939), *Les Inconnus dans la maison* (1940), *Trois Chambres à Manhattan* (1946), *Lettre à mon juge* (1947), *La neige était sale* (1948), *Les Anneaux de Bicêtre* (1963), etc. Parallèlement à cette activité littéraire foisonnante, il voyage beaucoup, quitte Paris, s'installe dans les Charentes, puis en Vendée pendant la Seconde Guerre mondiale. En 1945, il quitte l'Europe et vivra aux Etats-Unis pendant dix ans ; il y épouse Denyse Ouimet. Il regagne ensuite la France et s'installe définitivement en Suisse. En 1972, il décide de cesser d'écrire. Muni d'un magnétophone, il se consacre alors à ses vingt-deux *Dictées*, puis, après le suicide de sa fille Marie-Jo, rédige ses gigantesques *Mémoires intimes* (1981).

Simenon s'est éteint à Lausanne en 1989. Beaucoup de ses romans ont été adaptés au cinéma et à la télévision.

*Paru dans Le Livre de Poche :*

MAIGRET ET MONSIEUR CHARLES.
MAIGRET ET L'INDICATEUR.
MAIGRET ET LE MARCHAND DE VIN.
LES MÉMOIRES DE MAIGRET.
TROIS CHAMBRES À MANHATTAN.
LETTRE À MON JUGE.
L'AMI D'ENFANCE DE MAIGRET.
LA FOLLE DE MAIGRET.
L'ENTERREMENT DE MONSIEUR BOUVET.
LE PETIT HOMME D'ARKHANGELSK.
MAIGRET À VICHY.
PEDIGREE.
MAIGRET HÉSITE.
MAIGRET ET LE TUEUR.
LE VOLEUR DE MAIGRET.
LE PRÉSIDENT.
MAIGRET AU PICRATT'S.

GEORGES SIMENON

# *En cas de malheur*

PRESSES DE LA CITÉ

# 1

*Dimanche 6 novembre*

Il y a deux heures à peine, après le déjeuner, dans le salon où nous venions de passer pour prendre le café, je me tenais debout devant la fenêtre, assez près de la vitre pour en sentir l'humidité froide, quand j'ai entendu derrière moi ma femme prononcer :

— Tu comptes sortir cet après-midi ?

Et ces mots si simples, si ordinaires, m'ont paru lourds de sens, comme s'ils cachaient entre leurs syllabes des pensées que ni Viviane ni moi n'osions exprimer. Je n'ai pas répondu tout de suite, non parce que j'hésitais sur mes intentions, mais parce que je suis resté un moment en suspens dans cet univers un peu angoissant, plus réel, au fond, que le monde de tous les jours, qui donne l'impression de découvrir l'envers de la vie.

J'ai dû finir par balbutier :

— Non. Pas aujourd'hui.

Elle sait que je n'ai pas de raison de sortir. Elle l'a deviné comme le reste ; peut-être, en outre, se tient-elle informée de mes faits et gestes. Je ne lui en veux pas plus de ça qu'elle ne m'en veut de ce qui m'arrive.

A l'instant où elle a posé sa question, je regardais, à travers la pluie froide et sombre qui tombe depuis trois jours, depuis la Toussaint exactement, un clochard aller et venir sous le Pont-Marie en se frappant les flancs pour se réchauffer. Je fixais surtout un tas de hardes sombres, contre le mur de pierre, en me demandant s'il bougeait réellement ou si c'était une illusion causée par le frémissement de l'air et le mouvement de la pluie.

Il bougeait, j'en ai été sûr un peu plus tard, quand un bras s'est dégagé des loques, puis une tête de femme, bouffie, encadrée de cheveux en désordre. L'homme a cessé de déambuler, s'est tourné vers sa compagne pour Dieu sait quel dialogue, puis est allé prendre entre deux pierres, pendant qu'elle se mettait sur son séant, une bouteille à moitié pleine qu'il lui a tendue et à laquelle elle a bu au goulot.

Depuis dix ans que nous habitons quai d'Anjou, dans l'île Saint-Louis, j'ai souvent observé les clochards. J'en ai vu de toutes les sortes, des femmes aussi, mais c'est la première fois que j'en ai vu se comporter comme un vrai couple. Pourquoi cela m'a-t-il remué en me faisant penser à un mâle et à sa femelle tapis dans leur abri de la forêt ?

Certains, lorsqu'ils parlent de Viviane et de moi, font allusion à un couple de fauves, on me l'a répété, et sans doute ne manque-t-on pas de souligner que, chez les bêtes sauvages, la femelle est la plus féroce.

Avant de me retourner et de me diriger vers le plateau sur lequel le café était servi, j'ai eu le temps d'enregistrer une autre image, un homme très grand, au visage coloré, émergeant de l'écoutille d'une péniche amarrée en face de chez nous. Il portait son ciré noir pardessus sa tête pour s'aventurer dans l'univers mouillé et, un litre vide au bout de chaque bras, il s'est engagé sur la planche glissante reliant le bateau au quai. Lui et les deux clochards étaient, à ce moment-là, avec un chien jaunâtre collé contre un arbre noir, les seuls êtres vivants dans le paysage.

— Tu descends au bureau ? a encore questionné ma femme alors que, debout, je vidais ma tasse de café.

J'ai dit oui. J'ai toujours eu horreur des dimanches, surtout des dimanches de Paris qui me donnent une angoisse assez proche de la panique. La perspective d'aller faire la queue, sous les parapluies, devant quelque cinéma, me soulève le cœur, comme celle de déambuler aux Champs-Elysées, par exemple, ou aux Tuileries, ou encore de rouler en voiture, en cortège, sur la route de Fontainebleau.

Nous sommes rentrés tard, la nuit dernière. Après une répétition générale au théâtre de la Michodière, nous avons soupé au *Maxim's* pour finir, vers trois heures du matin, dans un bar en sous-sol, aux environs du Rond-Point, où se retrouvent les acteurs et les gens de cinéma.

Je ne supporte plus aussi bien le manque de sommeil qu'il y a quelques années. Viviane, elle, ne semble jamais ressentir de fatigue.

Combien de temps sommes-nous encore restés dans le salon sans rien nous dire ? Cinq minutes au moins, j'en jurerais, et cinq minutes de ce silence-là paraissent longues. Je regardais ma femme le moins possible. Voilà plusieurs semaines que j'évite de la regarder en face et que j'écourte nos tête-à-tête. Peut-être a-t-elle eu envie de parler ? J'ai cru qu'elle allait le faire quand, comme je lui tournais le dos à moitié, elle a ouvert la bouche, hésitante, pour articuler enfin, au lieu des mots qu'elle avait envie de prononcer :

— Je passerai tout à l'heure chez Corine. Si, en fin d'après-midi, le cœur t'en dit, tu n'auras qu'à venir m'y retrouver.

Corine de Langelle est une amie qui fait beaucoup parler d'elle et qui possède un des plus beaux hôtels particuliers de Paris, rue Saint-Dominique. Parmi un certain nombre d'idées originales, elle a eu celle de tenir maison ouverte le dimanche après-midi.

— C'est une erreur de prétendre que tout le monde va aux courses, explique-t-elle, et peu de femmes accompagnent leur mari à la chasse. Pourquoi serait-on obligé de s'ennuyer parce que c'est dimanche ?

J'ai tourné en rond dans le salon et j'ai fini par grommeler :

— A tout à l'heure.

J'ai traversé le corridor et franchi la porte du bureau. Après des années, cela me fait encore un curieux effet d'y accéder par la galerie. L'initiative en revient à Viviane. Quand l'appartement en dessous du nôtre s'est trouvé à vendre, elle m'a conseillé de l'acheter pour y installer mon cabinet, car nous commencions à être à l'étroit, surtout pour recevoir. Le plancher d'une des pièces, la plus grande, a été enlevé et remplacé par une galerie à hauteur de l'étage supérieur.

Cela donne une pièce très haute, à deux rangs de fenêtres, tapissée de livres en bas comme en haut, qui n'est pas sans ressembler à une bibliothèque publique, et il m'a fallu un certain temps pour m'habituer à y travailler et à y recevoir mes clients.

Je me suis quand même aménagé, dans une des anciennes chambres, un coin plus intime où je prépare mes plaidoiries et où un divan de cuir me permet de faire la sieste tout habillé.

J'ai fait la sieste aujourd'hui. Ai-je vraiment dormi ? Je n'en suis pas certain. Dans la pénombre, j'ai fermé les yeux et je ne crois pas avoir cessé d'entendre l'eau couler dans la gouttière. Je suppose que Viviane s'est reposée, elle aussi, dans le boudoir tendu de soie rouge qu'elle s'est aménagé à côté de notre chambre.

Il est un peu plus de quatre heures. Elle doit être occupée à sa toilette et passera vraisemblablement m'embrasser avant de se rendre chez Corine.

Je me sens les yeux bouffis. J'ai mauvaise mine depuis longtemps et les médicaments que le Dr Pémal m'a prescrits n'y font rien. Je continue néanmoins à avaler consciencieusement gouttes et comprimés qui forment un petit arsenal devant mon couvert.

J'ai toujours eu de gros yeux, une grosse tête, si grosse qu'il n'existe à Paris que deux ou trois maisons où je trouve des chapeaux à ma taille. A l'école, on me comparait à un crapaud.

Un craquement se fait parfois entendre, parce que le bois de la galerie travaille par temps humide et, chaque fois, je lève la tête, comme pris en faute, m'attendant à voir descendre Viviane.

Je ne lui ai jamais rien caché et pourtant je lui cacherai ceci, que je mettrai sous clef dans l'armoire Renaissance de mon cagibi. Avant de commencer à écrire, je me suis assuré que la clef, dont on ne s'est jamais servi, n'a pas été perdue et que la serrure fonctionne. Il faudra aussi que je trouve une place pour cette clef, derrière certains livres de la bibliothèque, par exemple ; elle est énorme et ne tiendrait pas dans mes poches.

J'ai pris, dans le tiroir de mon bureau, une chemise en carte de Lyon beige qui porte mon nom et mon adresse imprimés.

*Lucien Gobillot*
*Avocat à la Cour d'appel de Paris*
*17 bis, quai d'Anjou — Paris*

Des centaines de ces dossiers-là, plus ou moins gonflés de drames, ceux de mes clients, emplissent un classeur métallique que Mlle Bordenave tient à jour, et j'ai hésité à écrire mon nom à l'endroit où, sur les autres, figure celui du client. J'ai fini, avec un sourire ironique, par tracer un seul mot, au crayon rouge : *Moi.*

C'est mon propre dossier, en somme, que je commence, et il n'est pas impossible qu'il serve un jour. Je suis resté plus de dix minutes, intimidé, avant d'écrire la première phrase, tenté que j'étais de commencer, comme un testament, par :

*Je soussigné, sain de corps et d'esprit...*

Car cela ressemble à un testament aussi. Plus exactement, j'ignore à quoi cela ressemblera et je me demande s'il y aura, en marge, les signes cabalistiques dont je me sers pour mes clients.

J'ai l'habitude, en effet, de noter, devant eux, à mesure qu'ils parlent, l'essentiel de ce qu'ils disent, le vrai et le faux, le demi-vrai et le demifaux, les exagérations et les mensonges, et, par des signes qui n'ont de sens que pour moi, j'enregistre en même temps mon impression du moment. Certains de ces signes sont inattendus, baroques, ressemblant à ces bonshommes ou à ces croquis informes que certains magistrats griffonnent sur leur buvard pendant les longues plaidoiries.

J'essaie de me moquer de moi, de ne pas me prendre au tragique. Pourtant, n'est-ce pas déjà un symptôme d'avoir besoin de m'expliquer par écrit ? Pour qui ? Pourquoi ? Je n'en ai aucune idée. En cas de malheur, en somme, comme disent les braves gens qui mettent de l'argent de côté. Pour l'éventualité où les choses tourneraient mal.

Peuvent-elles tourner autrement ? Même chez Viviane, je devine un sentiment qui lui a toujours été étranger et qui ressemble comme deux gouttes d'eau à de la pitié. Elle ne sait pas, elle non plus, ce qui nous attend. Elle n'en comprend pas moins que cela ne peut pas durer longtemps ainsi, qu'il faut que quelque chose se produise, n'importe quoi.

Pémal aussi, qui me soigne depuis quinze ans, le soupçonne, et, s'il me donne des médicaments, je suis sûr que c'est sans conviction. Quand il vient me voir, il affiche d'ailleurs cette désinvolture, cette gaieté dont il doit se masquer en pénétrant chez un grand malade.

— Qu'est-ce qui ne va pas, aujourd'hui ?

Rien. Rien et tout. Alors, il me parle de mes quarante-cinq ans et du travail énorme que j'ai toujours fourni, que je continue à fournir. Il plaisante :

— Un moment vient où la machine la plus

puissante et la plus parfaite a besoin de petites réparations...

A-t-il entendu parler d'Yvette ? Pémal ne vit pas dans le même milieu que nous, où on ne doit rien ignorer de ma vie privée. Il a sans doute lu, dans les hebdomadaires, certains échos qui n'ont de sens véritable que pour les initiés.

D'ailleurs, il ne s'agit pas seulement d'Yvette. C'est la machine tout entière, pour employer son expression, qui ne tourne pas rond, et cela ne date pas d'aujourd'hui, ni de quelques semaines ou de quelques mois.

Vais-je prétendre que je sais depuis vingt ans que cela finira mal ? Ce serait exagéré, mais pas plus que d'affirmer que cela a commencé voilà un an avec Yvette.

J'ai envie de...

Ma femme vient de descendre, vêtue d'un tailleur noir sous son vison, avec une demi-voilette qui donne du mystère au haut de son visage un peu fané. Quand elle s'est approchée, j'ai senti son parfum.

— Crois-tu que tu me rejoindras ?

— Je ne sais pas.

— Nous pourrions ensuite dîner en ville, n'importe où.

— Je te téléphonerai chez Corine.

Pour le moment, je désire rester seul dans mon coin, dans ma sueur.

Elle a posé ses lèvres sur mon front et s'est dirigée vers la porte, le pas alerte.

— A tout à l'heure.

Elle ne m'a pas demandé à quoi je travaille.

Je l'ai regardée sortir et me suis levé pour aller coller mon front à la vitre.

Le couple de clochards est toujours sous le Pont-Marie. L'homme et la femme, à présent, sont assis côte à côte, adossés à la pierre du quai, et regardent couler l'eau sous les arches. De loin, on ne peut pas voir leurs lèvres remuer et il est impossible de savoir s'ils parlent, le bas du corps au chaud sous les couvertures trouées. S'ils parlent, que trouvent-ils à se dire ?

Le marinier a dû revenir avec sa ration de vin et on devine, dans la cabine, la lumière rougeâtre d'une lampe à pétrole.

Il pleut toujours et il fait presque nuit.

Avant de me remettre à écrire, j'ai formé, sur le cadran du téléphone, le numéro de l'appartement de la rue de Ponthieu, et cela m'a fait mal d'entendre la sonnerie, là-bas, sans m'y trouver moi-même. Il s'agit d'une sensation que je commence à connaître, une sorte de serrement, de spasme dans la poitrine, qui m'y fait porter la main à la façon d'un cardiaque.

La sonnerie a résonné longtemps, comme dans un logement vide, et je m'attendais à ce qu'elle s'arrête quand un déclic s'est produit. Une voix endormie, maussade, a murmuré :

— Qu'est-ce que c'est ?

J'ai failli me taire. Sans prononcer mon nom, j'ai demandé :

— Tu dormais ?

— C'est toi ! Oui, je dormais.

Il y a eu un silence. A quoi bon m'informer de ce qu'elle a fait hier soir et de l'heure à laquelle elle est rentrée ?

— Tu n'as pas trop bu ?

Elle a été forcée de quitter son lit pour

répondre au téléphone, car l'appareil n'est pas dans la chambre, mais dans le salon. Elle dort nue. Sa peau, au réveil, a une odeur particulière, son odeur de femme mêlée à celle de la nicotine et de l'alcool. Elle boit beaucoup plus ces derniers temps, comme si elle avait l'intuition, elle aussi, que quelque chose se prépare.

Je n'ai pas osé lui demander s'il était là. A quoi bon ? Pourquoi n'y serait-il pas, puisque je lui ai en quelque sorte cédé la place ? Il doit écouter, soulevé sur un coude, cherchant de la main les cigarettes dans la pénombre de la chambre aux rideaux fermés.

Il y a des vêtements épars sur le tapis, sur les sièges, des verres et des bouteilles à la traîne, et, dès que j'aurai raccroché, elle se dirigera vers le frigidaire pour y prendre de la bière.

Elle fait un effort pour questionner, comme si cela l'intéressait :

— Tu travailles ?

Elle ajoute, m'indiquant ainsi que les rideaux ne sont pas ouverts :

— Il pleut toujours ?

— Oui.

C'est tout. Je cherche des mots à dire et peut-être en cherche-t-elle de son côté. Tout ce que je trouve, c'est un ridicule :

— Sois sage.

Je crois voir sa pose, sur le bras du fauteuil vert, ses seins en poire, son dos maigre de gamine mal portante, le triangle sombre de son pubis qui, je ne sais pourquoi, me paraît toujours émouvant.

— A demain.

— C'est cela : à demain.

Je suis retourné à la fenêtre et on ne voit déjà plus que les guirlandes de réverbères le long de la Seine, leurs reflets sur l'eau et, dans le noir des façades mouillées, par-ci par-là, le rectangle d'une fenêtre éclairée.

Je relis le passage que j'écrivais quand ma femme m'a interrompu.

« *J'ai envie de...* »

Je ne retrouve pas ce que j'avais en tête. Je crois, d'ailleurs, que si je veux continuer ce que j'appelle déjà mon dossier, il sera prudent de ne rien relire, pas même une phrase.

« *J'ai envie de...* »

Ah ! oui. C'est probablement ça. De me traiter comme je traite mes clients. On prétend, au Palais, que j'aurais fait le plus redoutable des juges d'instruction, parce que je parviens à tirer les vers du nez des plus coriaces. Mon attitude ne varie guère, et j'avoue que je me sers de mon physique, de ma fameuse tête de crapaud, de mes yeux globuleux qui, fixant les gens comme sans les voir, les impressionnent. Ma laideur m'est utile, en me donnant l'aspect mystérieux d'un magot chinois.

Je les laisse parler un certain temps, dévider, prenant moi-même des notes d'une main molle, le chapelet de phrases qu'ils ont préparées avant de frapper à ma porte, puis, au moment où ils s'y attendent le moins, j'interromps, sans bouger, le menton toujours sur la main gauche :

— *Non !*

Ce petit mot-là, prononcé sans élever la voix, comme dans l'absolu, manque rarement de les démonter.

— *Je vous assure...* essaient-ils de protester.

— *Non.*

— *Vous prétendez que je mens ?*

— *Les choses ne se sont pas passées comme vous le dites.*

Il y en a, surtout des femmes, à qui cela suffit et qui sourient aussitôt d'un air complice. D'autres se débattent encore.

— *Je vous jure, cependant...*

Avec ceux-là, je me lève, comme si l'entretien était terminé, et me dirige vers la porte.

— *Je vais vous expliquer,* balbutient-ils, inquiets.

— *Ce n'est pas une explication qu'il me faut, c'est la vérité. Les explications, c'est à moi, pas à vous, de les trouver. Du moment que vous préférez mentir...*

Il est rare que j'aie à poser la main sur le bouton.

Je ne peux évidemment pas me jouer cette comédie-là. Mais, si j'écris par exemple :

« *Cela a commencé voilà un an quand...* »

Il m'est loisible de m'interrompre, comme je le fais pour les autres, par un simple et catégorique :

— *Non !*

Ce non-là les déroute encore plus que les précédents et ils ne comprennent plus.

— *Pourtant,* se débattent-ils, *c'est quand je l'ai rencontrée que...*

— *Non.*

— *Pourquoi prétendez-vous que ce n'est pas vrai ?*

— *Parce qu'il faut remonter plus loin.*

— *Remonter jusqu'où ?*

— *Je ne sais pas. Cherchez.*

Ils cherchent et découvrent presque toujours un événement antérieur pour expliquer leur drame. J'en ai sauvé beaucoup de la sorte, non pas, comme on le prétend au Palais, par des artifices de procédure ou des effets de manches devant les jurés, mais parce que je leur ai fait trouver la cause de leur comportement.

Moi aussi, comme eux, j'allais écrire :

« *Cela a commencé...* »

Quand ? Avec Yvette, le soir où, en rentrant du Palais, je l'ai trouvée assise toute seule dans mon salon d'attente ? C'est la solution facile, ce que j'ai envie d'appeler la solution romantique. S'il n'y avait pas eu Yvette, il y en aurait probablement eu une autre. Qui sait même si l'intrusion d'un nouvel élément dans ma vie était indispensable ?

Je n'ai malheureusement pas, comme mes clients quand ils s'assoient dans ce que nous appelons le fauteuil des confessions, quelqu'un devant moi pour m'aider à discerner ma propre vérité, fût-ce par un banal :

— *Non !*

A eux, je ne permets pas de commencer par la fin, ni par le milieu, et c'est pourtant ce que je vais faire, parce que la question d'Yvette m'obsède et que j'ai besoin de m'en débarrasser. Après, s'il m'en reste le goût et le courage, je m'efforcerai de creuser plus avant.

C'était un vendredi, il y a un peu plus d'un an, à peine plus, puisqu'on était à la mi-octobre. Je venais de plaider une affaire de chantage dont le jugement avait été remis à huitaine et je me souviens que ma femme et moi devions dîner dans un restaurant de l'avenue du Président-Roosevelt, avec le préfet de police et quelques autres personnalités. J'étais revenu à pied du Palais, qui n'est qu'à deux pas, et il tombait une pluie fine, presque tiède, fort différente de celle d'aujourd'hui.

Mlle Bordenave, ma secrétaire, que je n'ai jamais eu l'idée d'appeler par son prénom et que, comme tout le monde, j'appelle Bordenave, ainsi que je le ferais d'un homme, attendait mon retour, mais le petit Duret, qui est mon collaborateur depuis plus de quatre ans, était déjà parti.

— Quelqu'un vous attend au salon, m'annonça Bordenave en levant la tête sous son abat-jour vert.

Elle est plutôt blonde que rousse, mais sa sueur a nettement l'odeur des rousses.

— Qui ?

— Une gamine. Elle n'a pas voulu dire son nom, ni le but de sa visite. Elle prétend vous voir personnellement.

— Quel salon ?

Il y a deux salons d'attente, le grand et le petit, comme nous disons, et je savais que ma secrétaire allait répondre :

— Le petit.

Elle n'aime pas les femmes qui insistent pour me parler en personne.

J'avais encore ma serviette sous le bras, mon chapeau sur la tête, mon pardessus mouillé sur le dos quand j'ai poussé la porte et que je l'ai aperçue, au fond d'un fauteuil, les jambes croisées, lisant un magazine de cinéma en fumant une cigarette.

Elle a tout de suite sauté sur ses pieds et m'a regardé de la façon dont elle aurait regardé, en chair et en os, l'acteur qu'on voyait sur la couverture du magazine.

— Suivez-moi par ici.

J'avais noté son manteau bon marché, ses souliers aux talons tournés et surtout ses cheveux coiffés en queue de cheval à la mode des danseuses et de certaines gamines de la rive gauche.

Dans mon bureau, je me débarrassai, allai prendre ma place en lui désignant le fauteuil en face de moi.

— Quelqu'un vous a envoyée ici ? lui demandai-je alors.

— Non. Je suis venue de moi-même.

— Qu'est-ce qui vous a donné l'idée de vous adresser à moi plutôt qu'à un autre avocat ?

Je pose souvent cette question, encore que la réponse ne soit pas toujours flatteuse pour mon amour-propre.

— Vous ne vous en doutez pas ?

— Je ne joue plus aux devinettes.

— Mettons que ce soit parce que vous avez l'habitude de faire acquitter vos clients.

Un journaliste, récemment, a tourné la phrase autrement et, depuis, elle a fait le tour de la presse :

« *Si vous êtes innocent, prenez n'importe quel bon avocat. Si vous êtes coupable, adressez-vous à Me Gobillot.* »

Le visage de ma visiteuse était cruellement éclairé par la lampe braquée sur le fauteuil aux confessions, et je me souviens de mon malaise en le détaillant, car c'était à la fois un visage d'enfant et un visage très vieux, un mélange de naïveté et de rouerie, j'ai envie d'ajouter d'innocence et de vice, mais je n'aime pas ces mots-là, que je réserve pour les jurés.

Elle était maigre, en mauvaise condition physique, comme les filles de son âge qui vivent à Paris sans hygiène. Pourquoi ai-je pensé qu'elle devait avoir les pieds sales ?

— Vous êtes appelée en justice ?

— Je vais sûrement l'être.

Elle était contente de m'étonner et je suis sûr qu'elle le faisait exprès de croiser les jambes en les découvrant jusqu'au-dessus des genoux. Son maquillage, qu'elle avait rafraîchi en m'attendant, était outrancier et maladroit comme celui des prostituées de bas étage ou de certaines bonniches récemment débarquées à Paris.

— Dès que je rentrerai à mon hôtel, si j'y rentre, je serai arrêtée, et il est probable que tous les agents, dans les rues, ont déjà mon signalement.

— Vous avez voulu me voir *avant* ?

— Parbleu ! Après, il serait trop tard.

Je ne comprenais pas et commençais à être intrigué. C'est sans doute ce qu'elle voulait et je surpris un sourire furtif sur ses lèvres minces.

J'attaquai à tout hasard :

— Je suppose que vous êtes innocente ?

Elle avait lu les échos à mon sujet car elle répondit du tac au tac :

— Si j'étais innocente, je ne serais pas ici.

— Pour quel délit vous recherche-t-on ?

— *Hold-up.*

Elle disait cela simplement, sèchement.

— Vous avez commis une agression à main armée ?

— C'est ce qu'on appelle un *hold-up*, non ?

Alors, je me suis tassé dans mon fauteuil, où j'ai pris ma pose familière, le menton sur la main gauche, ma main droite traçant des mots et des arabesques sur un bloc, la tête un peu de côté, mes gros yeux vagues braqués sur elle.

— Racontez.

— Quoi ?

— Tout.

— J'ai dix-neuf ans.

— Je vous en aurais donné dix-sept.

Je le faisais exprès de la vexer, je ne sais d'ailleurs pas pourquoi. Je pourrais dire que, dès notre premier contact, une sorte d'antagonisme était né entre nous. Elle me défiait et je la défiais. A ce moment-là, nos chances pouvaient encore paraître égales.

— Je suis née à Lyon.

— Ensuite ?

— Ma mère n'est ni femme de ménage, ni ouvrière d'usine, ni prostituée.

— Pourquoi dites-vous ça ?

— Parce que, d'habitude, c'est le cas, non ?

— Vous lisez des romans populaires ?

— Seulement les journaux. Mon père est instituteur et, avant de se marier, ma mère appartenait aux P.T.T.

Elle semblait attendre une riposte qui ne vint pas, ce qui la dérouta un instant.

— Je suis allée à l'école jusqu'à l'âge de seize ans, j'ai passé mon brevet et j'ai travaillé comme dactylo pendant un an, à Lyon, dans une compagnie de transports routiers.

J'avais pris le parti du silence.

— Un jour, j'ai décidé de tenter ma chance à Paris et j'ai convaincu mes parents que j'avais trouvé une place par correspondance.

Je me taisais toujours.

— Cela ne vous intéresse pas ?

— Continuez.

— J'y suis venue, sans emploi, et je me suis débrouillée, puisque je suis encore en vie. Vous ne me demandez pas comment je me suis débrouillée ?

— Non.

— Je vous le dis quand même. De toutes les façons. Par tous les moyens.

Je ne bronchai pas et elle insista :

— Tous ! Vous comprenez ?

— Ensuite ?

— J'ai rencontré Noémie, qui s'est fait pincer je ne sais où et qu'ils doivent encore être en train d'interroger en ce moment. Comme ils savent que nous étions deux dans le coup, qu'ils découvriront, si on ne le leur a pas déjà dit, que nous partagions la même chambre d'hôtel, ils vont m'y attendre. Vous connaissez l'*Hôtel Alberti*, rue Vavin ?

— Non.

— C'est là.

Mon attitude commençait à l'impatienter, et même à lui faire perdre contenance. De mon côté, je me donnais, exprès, l'air plus massif, plus indifférent.

— Vous êtes toujours comme ça ? remarqua-t-elle avec dépit. Je me figurais que votre rôle était d'aider vos clients.

— Encore faut-il que je sache en quoi je peux les aider.

— A nous faire acquitter toutes les deux, tiens !

— J'écoute.

Elle hésita, haussa les épaules, reprit :

— Tant pis ! Je vais essayer. On a fini par en avoir marre, toutes les deux.

— De quoi ?

— Vous voulez un dessin ? Moi, cela ne me gêne pas et, si vous aimez les histoires dégoûtantes...

Il y avait du mépris, de la déception dans sa voix, et je l'encourageai pour la première fois, m'en voulant un peu de m'être montré encore plus dur qu'à mon habitude.

— Qui a eu l'idée du *hold-up* ?

— Moi. Noémie est trop bête pour avoir une idée. C'est une bonne fille, mais elle a le cerveau épais. En lisant les journaux, je me suis dit qu'avec un peu de chance nous pouvions, en une fois, nous en sortir pour des semaines et peut-être pour des mois. Il m'arrive souvent de battre le pavé, le soir, aux environs de la gare Montparnasse, et je commence à connaître le quartier. J'ai remarqué, rue de l'Abbé-Grégoire, la boutique d'un horloger qui reste ouverte tous les soirs jusqu'à neuf ou dix heures.

» C'est une boutique étroite, mal éclairée. Au fond, on aperçoit une cuisine où une vieille femme tricote ou épluche ses légumes en écoutant la radio.

» L'horloger, aussi vieux qu'elle et chauve, travaille près de la vitrine, une loupe cerclée de noir à l'œil, et je me suis mise à passer devant chez eux des quantités de fois, exprès pour les observer.

» Cette partie de la rue est mal éclairée, sans magasins à proximité...

— Vous étiez armée ?

— J'ai acheté un de ces revolvers d'enfants qui ressemblent tout à fait à un revolver véritable.

— Cela s'est passé hier soir ?

— Avant-hier. Mercredi.

— Allez toujours.

— Un peu après neuf heures, nous sommes entrées toutes les deux dans la boutique et Noémie a prétendu que sa montre avait besoin de réparation. Je me tenais près d'elle et cela m'a un peu inquiétée de ne pas apercevoir la vieille dans sa cuisine. J'ai même failli, à cause de cela, renoncer à notre projet, puis, au moment où l'homme se penchait pour regarder la montre de ma copine, je lui ai montré le bout de mon arme en disant :

» — C'est un *hold-up*. Ne criez pas. Donnez l'argent et je ne vous ferai pas de mal.

» Il a senti que c'était sérieux, a ouvert le tiroir-caisse, tandis que Noémie, comme prévu, raflait les montres pendues autour de l'établi et les fourrait dans les poches de son manteau.

» J'allais tendre la main pour saisir l'argent quand j'ai senti une présence derrière mon dos. C'était la vieille, en chapeau et en manteau, qui revenait de je ne sais où et qui, debout sur le seuil, se mettait à appeler au secours.

» Mon revolver ne paraissait pas lui faire peur et elle barrait le passage de ses bras écartés et hurlant :

» — Au voleur ! A moi ! A l'assassin !

» C'est alors que j'ai aperçu la manivelle qui sert à monter et à baisser le volet de fer et je l'ai saisie, je me suis précipitée sur la vieille en lançant à Noémie :

» — Filons vite !

» J'ai frappé, tout en bousculant la vieille, qui est tombée à la renverse sur le trottoir et que nous avons dû enjamber. Nous avons couru chacune de notre côté.

» Il était convenu, si nous devions nous séparer, de nous retrouver dans un bar de la rue de la Gaîté, mais j'ai fait des tours et des détours pendant plus d'une heure, j'ai même pris le métro jusqu'au Châtelet avant de m'y rendre. J'ai demandé à Gaston :

» — Ma copine n'est pas venue ?

» — Je ne l'ai pas vue ce soir, m'a-t-il répondu.

» J'ai passé une partie de la nuit dehors et, au petit jour, je suis rentrée à l'*Hôtel Alberti* sans y trouver Noémie. Je ne l'ai pas revue. Dans le journal d'hier matin, on a raconté l'histoire en quelques lignes, en ajoutant que la femme du bijoutier, blessée au front, un œil atteint, a été transportée à l'hôpital.

» On ne dit rien d'autre. On ne parle pas de nous, ni hier soir, ni ce matin. On ne précise pas non plus que le coup a été fait par deux femmes.

» Je n'aime pas ça. Je ne suis pas rentrée à l'*Hôtel Alberti* la nuit dernière et, vers midi, alors que je me dirigeais vers le bar de la rue de la Gaîté, j'ai aperçu à temps deux flics en civil.

» J'ai passé mon chemin en détournant la tête. D'un bistrot de la rue de Rennes, où on ne me connaît pas, j'ai téléphoné à Gaston.

J'écoutais, toujours immobile, sans lui accorder les signes d'intérêt qu'elle avait escomptés.

— Il paraît qu'ils lui ont montré une photo de Noémie, comme celles qu'ils prennent des personnes arrêtées, en lui demandant s'il la connaissait. Il leur a répondu que oui. Alors, ils ont voulu savoir s'il connaissait son amie et il a dit que oui aussi, mais qu'il ignorait où nous habitions toutes les deux. Ils ont dû faire la même chose dans tous les bars des environs et sans doute aussi dans les hôtels. J'ai supplié Gaston, qui est un copain, de me rendre un service, et il a accepté.

Elle me regarda comme s'il ne me restait qu'à comprendre.

— J'attends, dis-je, toujours froid.

Je ne sais pas au juste de quoi je lui en voulais, mais je lui en voulais.

— Quand on le questionnera à nouveau, ce qui arrivera sûrement, il prétendra que nous étions toutes les deux à son bar jeudi soir à l'heure du *hold-up*, et il trouvera des clients pour nous reconnaître. Cela, Noémie l'ignore, et il est indispensable qu'elle le sache. Comme je la connais, elle a dû se taire et les regarder de son air buté. Maintenant que vous êtes notre avocat, vous avez le droit d'aller la voir et de lui faire la leçon. Vous pourrez aussi mettre les détails au point avec Gaston, que vous trouverez à son bar jusqu'à deux heures du matin. Je l'ai prévenu par téléphone. Je ne peux pas vous offrir d'argent pour le moment, puisque je n'en ai pas, mais je sais qu'il vous est arrivé de vous charger de certaines causes gratuitement.

Je croyais tout connaître, avoir tout vu, tout entendu.

Je sentais qu'elle hésitait à finir, qu'elle n'était pas au bout de son rouleau, que quelque chose lui restait à dire ou à faire qui lui semblait soudain difficile. Craignait-elle de rater son coup, qu'elle avait dû préparer aussi minutieusement que le *hold-up* ?

Je la revois se levant, plus pâle, s'efforçant de sourire avec assurance et de jouer avec brio une partie capitale. Son regard faisait le tour de la pièce, s'arrêtait sur le seul angle de mon bureau qui ne fût pas encombré de papiers et alors, se troussant jusqu'à la ceinture, elle se renversait en murmurant :

— Autant que vous en profitiez avant qu'ils me mettent en prison.

Elle ne portait pas de culotte. C'est la première fois que j'ai vu ses cuisses maigres, son ventre bombé de gamine, le triangle sombre de son pubis et, sans raison précise, le sang m'est monté à la tête.

J'apercevais son visage à l'envers, près de ma lampe, du vase de fleurs que Bordenave renouvelle chaque matin, et elle s'efforçait de me voir aussi, elle attendait, perdait peu à peu, en me sentant toujours immobile, confiance en son destin.

Il a fallu un certain temps pour que ces yeux-là se remplissent d'eau, pour qu'elle renifle, puis, enfin, pour que sa main cherche le bord de sa jupe qu'elle ne rabattit pas encore, questionnant d'une voix déçue et humiliée :

— Ça ne vous dit rien ?

Elle se releva lentement, me tournant le dos, et c'est toujours sans montrer son visage qu'elle questionna, résignée :

— C'est non pour tout ?

J'ai allumé une cigarette. J'ai prononcé à mon tour, le regard ailleurs :

— Asseyez-vous.

Elle ne le fit pas tout de suite et, avant de se tourner vers moi, elle se moucha bruyamment, comme les enfants.

C'est à elle que j'ai téléphoné tout à l'heure rue de Ponthieu, où il y avait un homme dans son lit, un homme que je connais et à qui j'ai presque demandé de devenir son amant.

La sonnerie du téléphone a retenti alors que je ne savais pas si j'allais continuer à écrire aujourd'hui. J'ai reconnu la voix de ma femme.

— Tu travailles toujours ?

J'ai hésité.

— Non.

— Tu ne viens pas me rejoindre ? Moriat est ici. Corine a l'intention, si tu viens, de nous garder à dîner avec quatre ou cinq amis.

J'ai dit oui.

Je vais donc enfermer « mon » dossier dans l'armoire et chercher derrière quels livres de la bibliothèque je cacherai la clef, puis je monterai m'habiller.

Le couple de clochards est-il toujours étendu sous le Pont-Marie ?

## 2

*Mardi 8 novembre, soir*

Je suis monté dans ma chambre pour me changer et j'ai appelé Albert.

— Vous sortirez la voiture pour me conduire rue Saint-Dominique. Je suppose que Madame a pris la 4 CV ?

— Oui, monsieur.

Nous avons deux voitures et un chauffeur-maître d'hôtel, mais c'est surtout le chauffeur qui fait jaser. On le met sur le compte d'une vanité assez naïve de parvenu alors que je l'ai engagé pour une raison plutôt ridicule.

Si j'avais un client devant moi et qu'il me

dise la même chose, je l'interromprais sans doute par :

— *Contentez-vous de me fournir les faits.*

Je tiens cependant à détruire une légende en passant. Me Andrieu, mon premier patron, le seul que j'ai eu, d'ailleurs, et qui a été aussi le premier mari de Viviane, était un des rares avocats de Paris à se faire conduire au Palais par un chauffeur en livrée. De là à penser que je veux l'imiter, que je ne sais quel complexe me pousse à prouver à ma femme...

Au temps de nos débuts, lorsque nous habitions la place Denfert-Rochereau, avec le Lion de Belfort sous nos fenêtres, je prenais le métro. Cela n'a pas duré longtemps, un an environ, après quoi j'ai pu m'offrir des taxis. Nous n'avons pas tardé à acheter une auto d'occasion et, si Viviane possédait son permis de conduire, je n'ai pas été capable de passer l'examen. Le sens de la mécanique me manque, peut-être aussi les réflexes. Je suis si tendu, au volant, si sûr de la catastrophe inévitable, que l'examinateur m'a conseillé :

— Vous feriez mieux d'y renoncer, monsieur Gobillot. Vous n'êtes pas le seul dans votre cas et, presque toujours, il s'agit de gens d'une intelligence supérieure. En vous représentant deux ou trois fois, vous arriveriez à décrocher votre permis mais, un jour ou l'autre, vous auriez un accident. Ce n'est pas pour vous.

Je me souviens du respect avec lequel il prononçait ces derniers mots, car ma réputation commençait à s'établir.

Plusieurs années durant, jusqu'à notre installation dans l'île Saint-Louis, Viviane m'a tenu lieu de chauffeur, me conduisant au Palais et m'y attendant le soir, et ce n'est que quand Albert, le fils de notre jardinier de Sully, s'est cherché du travail, après son service militaire, que l'idée nous est venue de l'engager.

Notre existence s'était compliquée et nous devions faire face, chacun de notre côté, à plus d'obligations.

Cela a paru étrange aux gens de ne plus nous voir toujours ensemble, ma femme et moi, car c'était devenu une sorte de légende, et je suis persuadé que, maintenant encore, certains se figurent que Viviane m'aide à la préparation de mes dossiers, sinon de mes plaidoiries.

Je ne suis pas orgueilleux dans le sens où mes confrères l'entendent et si...

— *Des faits !*

Pourquoi en reviens-je à cette soirée de dimanche dernier, qui n'a été marquée par aucun événement important ? Nous sommes aujourd'hui mardi. Je ne pensais pas que l'envie me viendrait si vite de me replonger dans mon dossier.

Albert m'a donc conduit rue Saint-Dominique, où j'ai aperçu la voiture bleue de ma femme dans la cour d'honneur, et j'ai dit à Albert de ne pas m'attendre. Chez Corine de Langelle, j'ai trouvé une dizaine de personnes dans un des salons et trois ou quatre dans la petite pièce circulaire aménagée en bar où la maîtresse de maison officiait en personne.

— Un *scotch*, Lucien ? m'a-t-elle demandé avant que nous nous embrassions.

Elle embrasse tout le monde. Dans la maison, c'est un rite.

Puis, presque tout de suite :

— Quel monstre de cruauté notre grand avocat est-il en train d'arracher aux griffes de la justice ?

Jean Moriat était là, dans un énorme fauteuil, en conversation avec Viviane, et je serrai la main des habitués, Lannier, propriétaire de trois ou quatre journaux, le député Druelle, un jeune homme dont je ne retiens jamais le nom et dont j'ignore l'activité, sinon qu'on le rencontre toujours là où Corine se trouve — *un de mes protégés*, dit-elle —, deux ou trois jolies femmes ayant passé la quarantaine, comme c'est la règle rue Saint-Dominique.

Il ne s'est rien passé, je l'ai dit, sinon ce qui se passe d'habitude dans ce genre de réunions. On a continué à boire et à bavarder jusque vers huit heures et demie et il n'est resté alors, comme Viviane me l'avait annoncé, qu'un groupe de cinq ou six personnes, dont Lannier et, bien entendu, Jean Moriat.

C'est à cause de lui que j'y reviens, car, à deux ou trois reprises, nos regards se sont croisés et j'ai eu l'impression, peut-être à tort, mais cela m'étonnerait, qu'il s'est produit une sorte d'échange entre nous.

Tout le monde connaît Moriat, qui a été une dizaine de fois ministre, deux fois président du Conseil, et qui le redeviendra. Ses photographies, ses caricatures paraissent aussi régulièrement que celles des vedettes de cinéma à la première page des journaux.

C'est un homme trapu, épais, presque aussi laid que moi, mais qui a sur moi l'avantage de sa grande taille et de je ne sais quelle dureté paysanne qui lui donne un air de noblesse.

On connaît plus ou moins sa vie aussi, en tout cas ceux des Parisiens qui s'appellent eux-mêmes les initiés.

A quarante-deux ans, marié, père de trois enfants, il était encore vétérinaire à Niort et ne paraissait pas avoir d'autre ambition quand, à la suite d'un scandale électoral, il s'est présenté à la députation et a été élu.

Il aurait probablement été le restant de sa vie un député laborieux, faisant la navette entre un pauvre appartement de la rive gauche et sa circonscription, si Corine ne l'avait rencontré. Quel âge avait-elle à l'époque ? Il est difficile de parler de l'âge de Corine. D'après celui qu'elle paraît aujourd'hui, elle devait avoir aux alentours de la trentaine. Son mari, le vieux comte de Langelle, était mort deux ans plus tôt et elle commençait à délaisser le milieu du faubourg Saint-Germain, où elle avait vécu avec lui, pour fréquenter les directeurs de journaux et les hommes politiques.

On prétend qu'elle n'a pas choisi Moriat au hasard et que le sentiment n'y a été pour rien, qu'elle en a d'abord essayé deux ou trois pour les rejeter ensuite et qu'elle a observé longtemps le député de Niort avant de jeter son dévolu sur lui.

Toujours est-il qu'on l'a vu de plus en plus souvent chez elle, qu'il a fait avec moins d'assiduité le voyage des Deux-Sèvres et que, deux ans plus tard, il décrochait déjà un demi-portefeuille, pour devenir ministre peu après.

Il y a plus de quinze ans de cela, presque vingt, je ne prends pas la peine de vérifier les dates, qui n'ont pas d'importance, et leur liaison est aujourd'hui chose admise, quasi officielle puisque c'est rue Saint-Dominique qu'un président du Conseil, par exemple, ou même l'Elysée téléphonent lorsqu'on a besoin de Moriat.

Il n'a pas rompu avec sa femme, qui vit à Paris, quelque part du côté du Champde-Mars. Je l'ai rencontrée plusieurs fois : elle est restée gauche, effacée, avec toujours l'air de s'excuser d'être si peu digne du grand homme. Leurs enfants sont mariés et je crois que l'aîné est dans l'administration préfectorale.

Chez Corine, Moriat ne pose pas pour les électeurs, ni pour la postérité. Il se montre tel qu'il est et il m'a souvent donné l'impression d'un homme qui s'ennuie, plus exactement d'un homme qui s'efforce de ne pas décevoir.

Dimanche, quand nos regards se sont croisés une première fois, il m'observait en fronçant les sourcils, comme s'il découvrait en moi un élément nouveau, ce que j'ai envie d'appeler un signe.

Je n'aimerais pas répéter de vive voix ce que je vais écrire, par pudeur et par crainte du ridicule, mais, ce dimanche-là, je me suis mis à croire au signe, une marque invisible qui ne peut être décelée que par les initiés, que par ceux qui la portent eux-mêmes.

Vais-je aller jusqu'au bout de ma pensée ? Ce signe-là, certains êtres seulement peuvent l'avoir, des êtres qui ont beaucoup vécu, beaucoup vu, tout essayé par eux-mêmes, qui ont surtout fourni un effort anormal, atteint ou presque atteint leur but, et je ne pense pas qu'on en soit marqué avant un certain âge, le milieu de la quarantaine, par exemple.

J'ai observé Moriat, de mon côté, pendant le dîner d'abord, alors que les femmes racontaient des histoires, ensuite au salon, où la maîtresse du propriétaire de journaux s'était assise sur des coussins et chantait en s'accompagnant de sa guitare.

Il ne s'amusait pas plus que moi, c'était visible. En regardant autour de lui, il devait lui arriver de se demander par quel caprice du sort il se trouvait dans un décor qui constituait comme une insulte à sa personnalité.

On le prétend ambitieux. Il a sa légende comme j'ai la mienne et passe, en politique, pour aussi féroce que moi au Palais.

Or, je ne le crois pas ambitieux, ou bien, s'il l'a été à certain moment, d'une façon assez enfantine, il ne l'est plus. Il subit son destin, son personnage, comme certains acteurs sont condamnés à jouer le même rôle toute leur vie.

Je l'ai vu boire verre après verre, sans plaisir, sans entrain, pas non plus à la façon d'un ivrogne, et je suis persuadé que, chaque fois qu'il réclamait de l'alcool, c'était pour se donner le courage de rester.

Corine, qui a presque quinze ans de moins que lui, le couve comme un enfant, veille à ce que tout ce qu'il désire soit à sa portée.

Dimanche, elle a dû suivre, elle aussi, qui le connaît mieux que quiconque, la progression de son engourdissement, de son hébétude, à mesure que la soirée s'avançait.

Je n'en suis pas encore à boire. Il est rare que cela m'arrive, et jamais de cette façon systématique.

Moriat n'en a pas moins reconnu chez moi le signe, qui doit résider dans les yeux, qui n'est peut-être qu'un certain poids du regard, une certaine absence, plutôt que telle expression du visage.

On a parlé politique et il a lâché quelques phrases ironiques, comme on jette du pain aux oiseaux. A ce moment-là, je suis sorti du salon pour gagner un boudoir où je savais trouver un téléphone. J'ai d'abord appelé la rue de Ponthieu où, comme je m'y attendais, mon appel n'a rencontré que le vide. J'ai alors composé le numéro de Louis, le restaurateur italien chez qui Yvette prend le plus souvent ses repas.

— Ici, Gobillot. Yvette est chez vous, Louis ?

— Elle vient d'arriver, monsieur Gobillot. Vous désirez que je l'appelle ?

J'ai ajouté, parce qu'il fallait bien et que Louis est au courant :

— Elle est seule ?

— Oui. Elle commence à dîner à la petite table du fond.

— Dites-lui que je passerai la voir d'ici une demi-heure, peut-être un peu plus.

Moriat a-t-il deviné ce drame-là aussi ? Nous ne sommes des vicieux ni lui, ni moi, pas plus que nous ne sommes des ambitieux, mais qui l'admettrait en dehors des quelques-uns qui portent eux-mêmes le signe ? Il m'a encore observé à mon retour au salon, mais son regard était flou, humide, comme toujours après un certain nombre de verres.

Je suppose que Corine lui a adressé un signal, car il existe entre eux la même entente qu'entre Viviane et moi. L'ex-président du Conseil, qui, un de ces jours, dirigera à nouveau les destinées de l'Etat, s'est levé avec peine, a fait un geste bénisseur en murmurant :

— Vous m'excusez...

Il a traversé le salon d'un pas incertain et lourd, et j'ai aperçu, à travers la porte vitrée, un valet de chambre qui l'attendait, sans doute pour aller le mettre au lit.

— Il travaille tant ! soupira Corine. Il porte sur ses épaules un tel poids de responsabilités !

Viviane, elle aussi, m'a lancé un regard de connivence, et le sien contenait une question.

Elle avait compris que j'étais allé téléphoner. Elle savait à qui, pourquoi, n'ignorait pas que je finirais par me rendre là-bas, je crois même qu'elle me le conseillait silencieusement.

La soirée allait se traîner pendant une heure ou deux avant les embrassades finales.

— Je dois vous demander de m'excuser. Le travail m'attend également...

Etaient-ils dupes ? Probablement pas plus que pour Moriat. Cela n'a aucune importance.

— Tu as gardé la voiture ? m'a demandé Viviane.

— Non. Je prendrai un taxi.

— Tu ne préfères pas que je te conduise ?

— Pas du tout. Il y a une station juste en face.

Va-t-elle, dès que j'aurai disparu, parler de mon labeur et de mes responsabilités ? J'ai dû attendre un taxi sous la pluie pendant dix minutes, parce que c'est dimanche, et, quand je suis arrivé chez Louis, Yvette fumait une cigarette en buvant son café, à peu près seule dans le restaurant, le regard vide.

Elle m'a fait de la place à côté d'elle sur la banquette, m'a tendu la joue d'un geste devenu aussi familier que les baisers de Corine.

— Tu as dîné en ville ? m'a-t-elle demandé simplement, comme si nos relations étaient celles de tout le monde.

— J'ai mangé un morceau rue Saint-Dominique.

— Ta femme y était ?

— Oui.

Elle n'est pas jalouse de Viviane, ne cherche pas à la supplanter, ne cherche rien, en somme, se contentant de vivre dans le présent.

— Qu'est-ce que vous prendrez, maître ?

J'ai regardé la tasse d'Yvette et j'ai dit :

— Un café.

Elle a remarqué :

— Cela va t'empêcher de dormir.

C'est exact ; j'en serai quitte, comme presque chaque soir, pour prendre un barbiturique. Je n'ai rien à lui dire et nous restons là, assis côte à côte sur la banquette, à regarder devant nous comme un vieux couple.

Je finis pourtant par questionner :

— Fatiguée ?

Elle répond que non, sans y voir malice, s'informe à son tour :

— Qu'as-tu fait de ta journée ?

— J'ai travaillé.

Je ne précise pas à quoi j'ai travaillé l'après-midi et elle est loin de soupçonner qu'il a surtout été question d'elle.

— Ta femme t'attend ?

C'est une façon indirecte de se renseigner sur mes intentions.

— Non.

— On rentre ?

Je fais signe que oui. Je voudrais être capable de répondre non, de m'en aller, mais il y a longtemps que j'ai renoncé à une lutte vouée à l'échec.

— Tu permets que je prenne une chartreuse ?

— Si tu veux. Louis ! Une chartreuse.

— Rien pour vous, monsieur Gobillot ?

— Rien, merci.

La femme qui fait le ménage rue de Ponthieu ne vient pas le dimanche et je suis sûr qu'Yvette ne s'est pas donné la peine de mettre de l'ordre dans le logement. A-t-elle seulement refait le lit ? C'est improbable. Elle boit sa chartreuse lentement, avec de longues pauses entre les gorgées, comme pour reculer le moment de notre départ. Enfin, elle soupire :

— Tu demandes l'addition ?

Louis est habitué à nous voir à cette table-là et sait où nous allons en sortant de chez lui.

— Bonne nuit, mademoiselle. Bonne nuit, maître.

Elle s'accroche à mon bras, dans la pluie, et ses talons trop hauts la font parfois trébucher. C'est à deux pas.

Il est indispensable que j'en revienne à notre première rencontre, celle du vendredi soir, il y a un peu plus d'un an, dans mon cabinet. Pendant qu'elle se rasseyait, intimidée, se demandant ce que j'avais décidé, j'ai décroché le téléphone intérieur pour parler à ma femme.

— Je suis dans mon bureau, où j'ai du travail pour une heure ou deux. Va dîner sans moi et excuse-moi auprès du préfet et de nos amis. Dis-leur, ce qui est vrai, que j'espère arriver à temps pour le café.

Sans regarder ma visiteuse, je me suis dirigé vers la porte en lui ordonnant, bourru :

— Restez là !

J'ai même ajouté, peut-être pour la vexer, comme à une enfant mal élevée :

— Ne touchez à rien.

J'ai rejoint Bordenave dans son bureau.

— Vous allez descendre vous assurer que la personne qui se trouve dans mon bureau n'a pas été suivie.

— La police ?

— Oui. Vous me donnerez le renseignement par le téléphone.

Dans mon bureau, j'ai marché de long en large, les mains derrière le dos, cependant qu'Yvette suivait des yeux mes allées et venues.

— Le Gaston, ai-je questionné enfin, a-t-il déjà été condamné ?

— Je ne crois pas. Il ne m'en a jamais parlé.

— Vous le connaissez bien ?

— Assez.

— Vous avez couché ensemble ?

— Quelquefois.

— Votre amie Noémie est majeure ?

— Elle vient d'avoir vingt ans.

— Qu'est-ce qu'elle fait ?

— Comme moi.

— Elle n'a jamais exercé de profession ?

— Elle aidait sa mère dans la boutique. Sa mère vend des légumes rue du Chemin-Vert.

— Elle s'est enfuie de chez elle ?

— Elle est partie en déclarant qu'elle en avait assez.

— Il y a longtemps ?

— Deux ans.

— Sa mère ne l'a pas fait rechercher ?

— Non. Cela lui est égal. De temps en temps, quand elle est sans un, Noémie va la trouver, elles se disputent, se lancent des reproches à la tête, mais la mère finit toujours par lui donner un peu d'argent.

— Elle n'a jamais été arrêtée ?

— Noémie ? Deux fois. Peut-être plus, mais elle m'a dit deux.

— Pour quel motif ?

— Racolage. Les deux fois, on l'a relâchée le lendemain, après lui avoir fait passer la visite.

— Vous pas ?

— Pas encore.

Le téléphone a sonné. C'était Bordenave.

— Je n'ai vu personne, patron.

— Je vous remercie. Je n'aurai plus besoin de vous ce soir.

— Je n'attends pas ?

— Non.

— Bonsoir.

Il faut bien que j'en arrive au pourquoi et je suis d'autant plus embarrassé que je voudrais atteindre à la vérité absolue. Pas deux ou trois morceaux de vérité qui forment un ensemble satisfaisant en apparence, mais nécessairement faux.

Je n'ai pas eu envie d'Yvette ce soir-là, ni pitié d'elle. J'ai connu, dans ma carrière, trop de spécimens de son espèce et, s'il y avait, chez elle, un côté excessif qui la rendait quelque peu différente, elle ne m'apportait néanmoins rien de nouveau.

Ai-je cédé à la gloriole, flatté par la confiance qu'elle avait mise en moi avant même de me rencontrer ?

En toute sincérité, je ne le pense pas. Je crois que c'est plus compliqué et qu'un Moriat, par exemple, aurait été capable d'une décision comme celle-là.

Pourquoi ne pas voir dans mon geste une protestation et un défi ? On m'avait obligé à aller loin déjà, beaucoup trop loin, dans une voie qui n'était pas en harmonie avec mon tempérament et mes goûts. Ma réputation était établie et je m'efforçais d'y faire face avec crânerie, cette réputation qui me valait la visite de la gamine et sa proposition cynique.

Sur le plan professionnel, je ne m'étais jamais risqué jusque-là, jamais non plus ne m'avait été exposé un cas aussi difficile, pour ne pas dire impossible.

J'ai relevé le gant. Je suis persuadé que c'est la vérité et, depuis un an, j'ai eu le loisir de m'interroger sur ce point.

Je ne me préoccupais pas d'Yvette Maudet, fille dévoyée d'un instituteur de Lyon et d'une ancienne fonctionnaire des P.T.T., mais du problème que je me promettais soudain de résoudre.

Je m'étais assis à nouveau, prenais des notes en posant des questions précises.

— Vous êtes rentrée à votre hôtel la nuit de mercredi à jeudi, mais vous n'y avez pas mis les pieds la nuit dernière. Le gérant le sait et le signalera à la police.

— Cela m'arrive au moins deux fois par semaine de ne pas coucher rue Vavin, car ils n'acceptent pas que nous montions avec un homme.

— On vous demandera où vous avez dormi.

— Je le dirai.

— Où ?

— Dans un meublé de la rue de Berri, une maison où ils ne font que ça.

— On vous y connaît ?

— Oui. Noémie et moi changions souvent de quartier. Nous descendions parfois à Saint-Germain-des-Prés, d'autres fois nous allions aux Champs-Elysées, de temps en temps même à Montmartre.

— Le bijoutier vous a vues toutes les deux ?

— Il ne faisait pas très clair dans la boutique et il nous a regardées comme on regarde des clientes, s'est tout de suite penché sur la montre.

— Votre coiffure en queue de cheval est caractéristique.

— Il ne l'a pas vue, sa femme non plus, pour

la bonne raison que je l'avais ramassée sous un béret.

— En prévision de ce qui est arrivé ?

— A tout hasard.

Je l'ai interrogée ainsi pendant près d'une heure et j'ai téléphoné, à son domicile personnel, à un substitut de mes amis.

— Est-ce que l'affaire du bijoutier de la rue de l'Abbé-Grégoire est entre les mains d'un juge d'instruction ?

— Vous vous intéressez à la fille ? Elle est toujours, pour des raisons que j'ignore, aux soins de la Police judiciaire.

— Je vous remercie.

J'ai dit à Yvette :

— Vous allez rentrer rue Vavin comme si de rien n'était et vous suivrez la police sans protester, en évitant de parler de moi.

J'ai rejoint ma femme et nos amis, vers dix heures, avenue du Président-Roosevelt, et ils n'en étaient qu'au gibier. J'ai parlé de l'affaire au préfet, en lui laissant entendre que je m'en occuperais probablement, et le lendemain matin je me suis rendu Quai des Orfèvres.

L'affaire a fait du bruit, beaucoup trop, et le petit Duret m'a été plus utile que jamais. J'ignore comment il finira. C'est un garçon que je ne parviens pas à comprendre tout à fait. Son père, important administrateur de sociétés, a eu des revers de fortune. Tout en faisant son droit, Duret a fréquenté les rédactions, plaçant un papier par-ci par-là, s'initiant à certains dessous de la vie parisienne.

J'avais, avant lui, un collaborateur nommé Auber, qui commençait à se sentir capable de voler de ses propres ailes. Duret l'a su, s'est proposé pour prendre sa place avant même d'être inscrit au Barreau.

Voilà quatre ans qu'il est avec moi, toujours respectueux, avec cependant, quand je le charge de certaines besognes, et même à d'autres moments, un regard plus amusé qu'ironique.

C'est lui qui est allé voir le fameux Gaston à son bar de la rue de la Gaîté et qui, au retour, m'a affirmé qu'on pouvait lui faire confiance. C'est lui aussi qui, avec l'aide d'un reporter de ses amis, a découvert, sur la vie du bijoutier, les détails qui ont donné au procès une couleur inattendue.

L'affaire aurait pu être correctionalisée. J'ai insisté pour qu'elle passe devant les jurés. La femme du bijoutier, qui n'était pas morte, portait encore un bandeau noir sur l'œil qu'on n'espérait pas sauver.

Les débats ont été houleux, avec de nombreuses menaces, de la part du président, de faire évacuer la salle. Aucun de mes confrères, aucun magistrat ne s'y est mépris. Pour tous, Yvette Maudet et Noémie Brand étaient coupables du *hold-up* manqué de la rue de l'Abbé-Grégoire. La question qui se posait, et que les journaux publiaient en lettres capitales, était :

*Me Gobillot obtiendra-t-il l'acquittement ?*

A la fin de la seconde audience, cela paraissait impossible, et ma femme elle-même n'avait pas la foi. Elle ne me l'a jamais avoué, mais je sais qu'elle pensait que j'étais allé trop loin et qu'elle en était gênée.

On a beaucoup parlé de boue au cours des débats et il est arrivé qu'on entende crier dans le prétoire :

— Assez !

Certains confrères hésitaient — quelques-uns hésitent encore — à me serrer la main, et je n'ai jamais été si près de me faire rayer du Barreau.

Plus que n'importe quel procès, celui-là m'a fait comprendre l'excitation d'une campagne électorale, ou d'une grande manœuvre politique, avec tous les projecteurs braqués sur soi, la nécessité de gagner coûte que coûte, par n'importe quel moyen.

Mes témoins étaient équivoques, mais pas un n'avait une condamnation à son actif, pas un non plus ne s'est contredit ou n'a hésité un instant.

J'ai fait défiler à la barre vingt prostituées du quartier Montparnasse, ressemblant plus ou moins à Yvette et à Noémie, qui ont affirmé sous serment que le vieux bijoutier, présenté par le ministère public comme le prototype de l'honnête artisan, se livrait couramment à l'exhibitionnisme et attirait des filles chez lui en l'absence de sa femme.

C'était vrai. J'en devais la découverte à Duret, qui la devait lui-même à un informateur qui m'a téléphoné à plusieurs reprises, sans vouloir dire son nom. Non seulement cela changeait la physionomie d'un de mes adversaires, mais je pouvais établir que celui-ci avait racheté à plusieurs reprises des bijoux volés.

Savait-il qu'ils étaient volés ? Je l'ignore, et cela ne me regarde pas.

Pourquoi, ce soir-là, alors que sa femme était justement absente — elle était allée voir, rue du Cherche-Midi, sa belle-fille enceinte —, pourquoi, dis-je, le bijoutier n'en aurait-il pas profité pour attirer chez lui, comme cela lui était arrivé, deux filles de la rue qui avaient abusé de la situation ?

Je n'ai pas tenté de tracer un portrait flatté de mes clientes. Je les ai noircies, au contraire, et cela a été ma meilleure astuce.

Je leur ai fait admettre qu'elles auraient peut-être fait le coup si elles en avaient eu l'occasion, mais que celle-ci ne s'était pas présentée, puisqu'elles se trouvaient à ce moment-là au bar de Gaston.

Je revois, pendant les trois jours qu'ont duré les débats, le bijoutier chauve et sa femme avec son bandeau noir sur l'œil, assis côte à côte au premier rang, je revois leur stupeur grandissante, leur indignation, qui atteignit un tel paroxysme qu'à la fin ils ne savaient plus, hébétés, où accrocher leur regard.

Ces deux-là ne comprendront jamais ce qui leur est arrivé, ni pourquoi je me suis acharné avec tant de cruauté à détruire l'image qu'ils avaient d'eux-mêmes. A l'heure qu'il est, je suis persuadé qu'ils n'en sont pas remis, qu'ils ne se sentiront jamais plus comme avant, et je me demande si la vieille, désormais borgne, dont les cheveux repoussent sur la moitié du crâne que le coup a dégarnie, ose encore aller voir sa belle-fille rue du Cherche-Midi.

Nous n'en avons jamais parlé, Viviane et moi. Elle se tenait dans le couloir au moment du verdict, qui a été accueilli par des huées, et, quand je suis sorti du prétoire, la robe flottante, sans rien vouloir dire à la presse qui m'assaillait, elle s'est contentée de me suivre en silence.

Elle sait que c'est sa faute. Elle a compris. Je ne suis pas sûr qu'elle n'ait pas été effrayée de me voir aller aussi loin, mais elle m'en admire.

Prévoyait-elle aussi comment cela finirait ? C'est probable. Nous avons l'habitude, après les procès qui exigent une forte tension nerveuse, d'aller dîner tous les deux dans quelque cabaret et de passer une partie de la nuit dehors afin de provoquer une détente.

Il en a été ainsi ce soir-là et, partout où nous entrions, on nous observait avec curiosité, nous étions plus que jamais le couple de fauves de la légende.

Viviane s'est montrée très crâne. Pas un instant, elle n'a bronché. Elle a trois ans de plus que moi, ce qui signifie qu'elle approche de la cinquantaine, mais, habillée, sur le pied de guerre, elle reste plus belle et attire plus de regards que bien des femmes de trente ans. Ses yeux, surtout, ont un éclat, une vivacité que je ne connais qu'à elle, et il y a dans son sourire une gaieté moqueuse qui le rend redoutable.

On la dit méchante et elle ne l'est pas. Elle est elle-même, va droit son chemin, comme Corine va le sien, indifférente aux rumeurs, se moquant qu'on l'aime ou qu'on la déteste, rendant sourire pour sourire et coup pour coup. La différence, entre elle et Corine, c'est que Corine est molle et douce en apparence, tandis que Viviane, tout en nerfs, possède une vitalité agressive qui ne se dément pas.

— Où est-elle, maintenant ? m'a-t-elle demandé, vers deux heures du matin.

J'ai noté que le « elle » était singulier, que Viviane n'avait donc jamais considéré Noémie que comme une comparse. Au Palais, personne ne s'y est trompé non plus, car la pauvre Noémie, au grand corps informe, aux yeux bovins, au front têtu, ne peut faire illusion.

— Dans un petit hôtel du boulevard Saint-

Michel. Je voulais qu'elle retourne rue Vavin, par défi, mais le gérant prétend que son établissement est complet.

A-t-elle pensé que le boulevard Saint-Michel se trouve à deux pas de chez nous et à proximité du Palais ? Je n'en doute pas. Pourtant, je ne l'ai pas fait exprès.

Pendant le temps qui s'est écoulé entre l'arrestation d'Yvette et son acquittement, j'ai su que je ne me débarrasserais pas d'elle, ni de l'image de son ventre nu tel que je l'avais vu dans mon bureau.

Pourquoi ? A l'heure qu'il est, je n'ai pas encore trouvé la réponse. Je ne suis pas un vicieux, ni un obsédé sexuel. Viviane ne s'est jamais montrée jalouse et j'ai eu les aventures que j'ai voulues, presque toutes sans lendemain, beaucoup sans plaisir.

J'ai trop vu aussi de filles de toutes sortes pour m'attendrir, comme certains hommes de mon âge, sur une gamine qui a mal tourné, et le cynisme d'Yvette ne m'impressionne pas davantage que ce qui reste en elle d'innocence.

Pendant l'instruction, je suis allé la voir à la Petite Roquette sans me départir une seule fois d'une attitude strictement professionnelle.

Or, ma femme savait déjà.

Yvette aussi.

Ce qui me surprend le plus, c'est qu'Yvette ait eu l'habileté de ne pas le laisser voir. Nous étions face à face comme un avocat et sa cliente. Nous préparions ses réponses au magistrat. Même en ce qui touchait son affaire, je ne la mettais au courant de mes découvertes que dans la mesure où c'était indispensable.

La nuit de l'acquittement, vers quatre heures

du matin, en quittant le dernier cabaret et en s'installant au volant, ma femme a proposé naturellement :

— Tu ne passes pas la voir ?

J'y songeais depuis le début de la soirée, mais je me refusais, par orgueil, par respect humain, à céder à la tentation. N'était-il pas ridicule, ou odieux, de me précipiter, dès la première nuit, pour réclamer ma récompense ?

L'envie que j'en avais était-elle si violente qu'elle se lisait sur mon visage ?

Je n'ai pas répondu. Ma femme a descendu la rue de Clichy, traversé les Grands Boulevards, et je savais qu'elle ne se dirigeait pas vers l'île Saint-Louis mais vers le boulevard Saint-Michel.

— Qu'as-tu fait de l'autre ? m'a-t-elle encore demandé, sûre que je m'en étais débarrassé.

J'avais vivement conseillé à Noémie, pour un temps tout au moins, de retourner vivre chez sa mère.

Je voudrais éviter un malentendu. Lorsque je parle de ma femme comme je le fais en ce moment, on pourrait penser qu'il y avait, dans son attitude, une certaine provocation, qu'elle m'a, en quelque sorte, poussé dans les bras d'Yvette.

Rien n'est plus éloigné de la vérité. Je suis certain, encore qu'elle ne l'avouera jamais, que Viviane est jalouse, qu'elle a souffert de mes passades, qu'elle s'est tout au moins inquiétée. Seulement, elle est belle joueuse et regarde la vérité en face, acceptant d'avance ce qu'elle est impuissante à empêcher.

Nous sommes passés devant la masse sombre

du Palais de Justice et, boulevard Saint-Michel, elle a murmuré :

— Plus loin ?

— Au coin de la rue Monsieur-le-Prince. L'entrée est rue Monsieur-le-Prince.

J'hésitais encore, humilié, quand elle a arrêté la voiture.

— Bonne nuit ! a-t-elle prononcé à mi-voix.

Et elle m'a embrassé comme tous les soirs.

Seul sur le trottoir, j'avais les yeux humides et j'ai commencé un geste pour la rappeler, mais la voiture tournait déjà le coin de la rue Soufflot.

L'hôtel était obscur, avec seulement une vague lueur derrière le verre dépoli de la porte. Le gardien de nuit m'a ouvert, a grommelé qu'il n'avait rien de libre et, en lui glissant un pourboire dans la main, j'ai affirmé qu'on m'attendait au 37.

C'était vrai. Rien n'avait été convenu. Yvette dormait. Mais elle n'a pas été surprise quand j'ai frappé à la porte.

— Un instant.

J'ai entendu le déclic du commutateur, puis des allées et venues, pieds nus sur le parquet, et elle a ouvert en achevant d'endosser un peignoir.

— Quelle heure est-il ?

— Quatre heures et demie.

Cela parut la surprendre, comme si elle se demandait ce qui m'avait retenu si longtemps.

— Donnez-moi votre chapeau et votre pardessus.

La chambre était étroite, le lit de cuivre défait, et du linge s'échappait d'une valise ouverte à même le plancher.

— Ne faites pas attention au désordre. Je me suis couchée tout de suite en rentrant.

Son haleine sentait l'alcool, mais elle n'était pas ivre. Quel air avais-je, moi, tout habillé, au milieu de la pièce ?

— Vous ne vous couchez pas ?

Le plus difficile, c'était de me déshabiller. Je n'en avais pas envie. Je n'avais plus envie de rien ; et je n'avais pas non plus le courage de partir.

— Viens ici, commandai-je.

Elle s'approcha, le visage levé, se figurant que j'allais l'embrasser, mais je me contentai de la serrer contre moi, sans toucher ses lèvres, puis, soudain, je fis tomber le peignoir sous lequel elle était nue.

D'un mouvement brutal, je la renversai au bord du lit et me laissai tomber sur elle tandis qu'elle fixait le plafond. J'avais commencé à la prendre, méchamment, comme par vengeance, quand je la vis m'observer avec étonnement.

— Qu'est-ce qui t'arrive ? souffla-t-elle, me tutoyant pour la première fois.

— Rien !

Il m'arrivait que je ne pouvais pas, que je me relevais, honteux, en bafouillant :

— Je te demande pardon.

Alors, elle a dit :

— Tu y as trop pensé.

Cela aurait pu être l'explication, mais ce ne l'était pas. Je m'étais refusé d'y penser, au contraire. Je savais, mais je n'y pensais pas. D'ailleurs, cela m'est arrivé avec d'autres avant elle.

— Déshabille-toi et viens te coucher près de moi. J'ai froid.

Fallait-il ? L'avenir aurait-il été différent si j'avais répondu non, si j'étais sorti ? Je l'ignore.

De son côté, savait-elle ce qu'elle faisait en étendant le bras, un peu plus tard, pour éteindre la lumière, et en se blottissant contre moi ? Je la sentais, maigre, qui vivait contre mon corps et qui, petit à petit, avec des hésitations, des haltes, comme pour ne pas m'effrayer, prenait possession de moi.

Nous ne dormions pas encore quand un réveille-matin a sonné dans une des chambres ni, plus tard, quand des locataires se sont agités derrière les cloisons.

— C'est dommage que je n'aie pas ce qu'il faut pour te préparer du café. Il faudra que j'achète un réchaud à alcool.

Le jour traversait le store quand je suis parti, à sept heures du matin. Je me suis arrêté dans un bistrot du boulevard Saint-Michel pour boire une tasse de café et me suis regardé dans la glace derrière le percolateur.

Quai d'Anjou, je ne suis pas monté dans la chambre mais me suis installé au bureau où, dès huit heures, le téléphone, comme d'habitude, a commencé à sonner. Bordenave ne devait pas tarder à arriver, m'apportant les journaux du matin dont les manchettes pouvaient se résumer par :

*M^e^ Gobillot a gagné.*

Comme s'il s'agissait d'une épreuve sportive.

— Vous êtes content ?

Ma secrétaire a-t-elle soupçonné que je n'étais pas fier de cette victoire-là ? Elle m'est plus dévouée que qui que ce soit au monde, y compris Viviane, et, si je commettais un acte assez ignoble pour que chacun se détourne de moi, elle serait probablement la seule à ne pas m'abandonner.

Elle a trente-cinq ans. Elle en avait dix-neuf quand elle est entrée à mon service et on ne lui a jamais connu d'aventure, mes collaborateurs successifs sont d'accord pour prétendre, comme ma femme, qu'elle est encore vierge.

Non seulement je ne lui ai pas fait la cour, mais je me montre avec elle, sans raison, plus impatient, plus dur qu'avec qui que ce soit, souvent injuste, et on ne compte pas les fois que je l'ai fait pleurer parce qu'elle ne mettait pas la main assez vite sur un dossier égaré par ma faute.

Se rend-elle compte que je sors du lit d'Yvette et que ma peau est encore imprégnée de son odeur acide ? Elle le saura un jour ou l'autre car, en tant que ma collaboratrice la plus directe, elle n'ignore rien de mes faits et gestes.

Pleurera-t-elle, seule dans son bureau ? Est-elle jalouse ? Est-elle amoureuse de moi et, dans ce cas, quelle idée se fait-elle de l'homme que je suis ?

Mon premier rendez-vous était pour dix heures et j'ai eu le temps de prendre un bain et de me changer. Je n'ai pas éveillé Viviane, qui dormait, et je ne l'ai revue que le soir, car je devais déjeuner ce jour-là au *Café de Paris* avec un client pour qui je plaidais l'après-midi.

Il y a un an de ça.

Je connaissais déjà Moriat à cette époque. Nous nous rencontrions chez Corine, où il nous arrivait souvent de bavarder dans un coin.

Pourquoi, avant Yvette, Moriat ne me regardait-il pas comme il m'a regardé dimanche dernier ? N'avais-je pas encore le signe, ou bien n'était-il pas encore suffisamment visible ?

## 3

*Samedi 12 novembre*

Il est dix heures du soir et j'ai attendu le départ de ma femme pour descendre dans mon bureau. Elle est allée, avec Corine et des amies, inaugurer, dans une galerie de la rue Jacob, la première exposition de peintures de Marie-Lou, la maîtresse de Lannier. On servira du champagne et il y a des chances que cela se termine aux petites heures du matin. J'ai prétexté, pour ne pas m'y rendre, qu'il y aura cent personnes dans un local guère plus grand qu'une salle à manger ordinaire et que la chaleur y sera insupportable.

Il paraît que Marie-Lou a un réel talent. Elle s'est mise à peindre voilà deux ans, au cours d'un séjour à Saint-Paul-de-Vence. Elle et Lannier vivent ensemble rue de la Faisanderie, mais chacun est marié de son côté, Lannier avec une cousine qu'on dit très laide et dont il est séparé depuis vingt ans, Marie-Lou avec un industriel de Lyon, Morilleux, un ami de Lannier avec qui il est encore en affaires. Pour autant qu'on en sache, tout s'est passé à l'amiable, à la satisfaction générale.

Elle et Lannier dînaient chez nous hier, en même temps qu'un homme politique belge de passage à Paris, un académicien que nous invitons souvent et un ambassadeur sud-américain accompagné de sa femme.

Chaque semaine, nous avons ainsi un ou deux dîners de huit à dix couverts et Viviane, excellente maîtresse de maison, ne perd pas le goût de recevoir. L'ambassadeur n'était pas chez nous par hasard. C'est Lannier qui me l'amenait et, au moment du café et des liqueurs, il m'a touché deux mots de ce dont il compte venir me parler dans mon cabinet, un trafic d'armes plus ou moins légal, si j'ai bien compris certaines allusions, auquel il voudrait se livrer à des fins politiques sans s'attirer d'ennuis de la part du gouvernement français.

C'est un homme jeune, de trente-cinq ans au plus, beau garçon et séduisant, encore qu'avec une tendance à l'embonpoint, et sa femme est une des plus belles créatures qu'il m'ait été donné d'admirer. On la sent amoureuse de son mari, qu'elle ne quitte pas des yeux, et elle est si jeune, si fraîche, qu'on la croirait sortie la veille de son couvent.

Dans quelle aventure va-t-il s'engager ? Je n'en suis qu'aux conjectures, mais j'ai lieu de croire qu'il s'agit de renverser le gouvernement de son pays, dont son père est un des hommes les plus riches. Ils ont deux enfants — ils nous en ont montré les photographies — et l'hôtel de l'ambassade est un des plus ravissants du Bois de Boulogne.

J'ai attendu leur départ avec impatience, car j'étais anxieux de me rendre rue de Ponthieu. J'y ai passé trois nuits cette semaine et j'irais encore aujourd'hui si le samedi n'était « son » jour.

Il est préférable de ne pas y penser. Lorsque je suis rentré en taxi, ce matin à six heures et demie, alors que le jour n'était pas tout à fait levé, une violente tempête soufflait sur la région parisienne, où il y a eu des toitures arrachées, des arbres brisés, dont un avenue des Champs-Elysées. Viviane m'a appris plus tard qu'un de nos volets avait battu toute la nuit. Il ne s'est cependant pas détaché et, vers midi, des ouvriers sont venus le réparer.

Mon premier soin, en pénétrant dans mon bureau, où je passe toujours avant de monter prendre mon bain, a été de chercher des yeux mon couple de clochards sous le Pont-Marie. Jusque vers neuf heures, rien n'a bougé sous les hardes que le vent agitait. Quand un homme en est sorti enfin, celui que j'ai l'habitude de voir et qui, avec son veston trop large et trop long, sa barbe hirsute, son chapeau cabossé, a l'air d'un auguste de cirque, j'ai eu la surprise de constater qu'il restait deux autres formes étendues. A-t-il ramassé une seconde compagne ? Un camarade s'est-il joint à eux ?

Le vent souffle toujours, mais plus en rafales, et on annonce du froid pour demain, peut-être déjà de la gelée.

J'ai beaucoup pensé, au cours de la semaine, à ce que j'ai écrit jusqu'ici, et je me suis rendu compte que je n'ai encore parlé que de l'homme que je suis à présent. Je me suis inscrit en faux contre deux ou trois légendes, les plus criardes. Il en reste d'autres que je tiens à détruire, et pour cela je suis obligé de remonter beaucoup plus loin.

Par exemple, à cause de mon physique, on croit communément, même des gens qui passent pour bien me connaître, que je suis un de ces hommes venus tout droit de leur campagne et qui, comme on disait au siècle dernier, ont encore de la terre collée à leurs sabots. C'est le cas, ou presque, de Jean Moriat. C'est d'ailleurs bien porté dans certaines professions, dont la mienne, parce que cela donne confiance, mais force m'est de déclarer qu'il n'en est rien en ce qui me concerne.

Je suis né à Paris, dans une maternité du faubourg Saint-Jacques, et mon père, qui a passé presque toute sa vie rue Visconti, derrière l'Académie française, appartenait à une des plus anciennes familles de Rennes. Il y a eu des sieurs de Gobillot aux croisades, on retrouve plus tard un Gobillot capitaine des mousquetaires et d'autres, plus nombreux, ont été gens de robe, quelques-uns membres plus ou moins illustres du Parlement de Bretagne.

Je n'en tire aucun orgueil. Ma mère, elle, qui s'appelait Louise Finot, était la fille d'une blanchisseuse de la rue des Tournelles et, quand mon père lui a fait un enfant, elle fréquentait les brasseries du boulevard Saint-Michel.

Il est peu probable que ces antécédents expliquent mon caractère, encore moins le choix que j'ai fait d'un certain mode d'existence, pour autant qu'on puisse parler de choix.

Mon grand-père Gobillot, à Rennes, vivait encore en grand bourgeois et aurait fini dans la peau d'un président du tribunal si une embolie ne l'avait emporté vers la cinquantaine.

Quant à mon père, venu à Paris pour y faire son droit, il y est resté toute sa vie, dans le même appartement de la rue Visconti où, jusqu'à sa mort assez récente, il a été soigné par la vieille Pauline, qui l'a vu naître mais qui n'avait en réalité que douze ans de plus que lui.

C'était encore une coutume, à cette époque-là, de faire garder les enfants par des gamines, et celle-là, qui n'était qu'une fillette quand mes grands-parents l'ont engagée, a suivi mon père jusqu'à sa mort, formant avec lui un curieux ménage.

Mon père s'est-il désintéressé de moi à ma naissance ? Je l'ignore. Je ne le lui ai jamais demandé, pas plus qu'à Pauline, qui vit encore, qui a aujourd'hui quatre-vingt-deux ans et à qui je rends parfois visite. Si elle s'occupe encore elle-même de son ménage, toujours rue Visconti, elle a perdu presque entièrement la mémoire, sauf en ce qui touche aux événements les plus lointains, à l'époque où mon père était un gamin, en culottes courtes.

Peut-être n'a-t-il pas été convaincu que l'enfant de Louise Finot était de lui, ou encore peut-être avait-il alors une autre maîtresse ?

Toujours est-il que j'ai passé mes deux premières années en nourrice, du côté de Versailles, où, un beau jour, ma mère est venue me chercher pour me conduire rue Visconti.

— Voici ton fils, Blaise, aurait-elle annoncé.

Elle était à nouveau enceinte. Elle a continué, ainsi que Pauline me l'a souvent raconté :

— Je me marie la semaine prochaine. Prosper ne sait rien. S'il apprenait que j'ai déjà eu un enfant, il ne m'épouserait peut-être pas et je ne veux pas rater l'occasion, car c'est un brave homme, travailleur, qui ne boit pas. Je suis venue te rendre Lucien.

De ce jour-là, j'ai vécu rue Visconti, sous l'aile de Pauline, pour qui, au début, un enfant était un être si mystérieux qu'elle hésitait à me toucher.

Ma mère s'est en effet mariée avec un vendeur de chez Allez Frères, que j'ai aperçu beaucoup plus tard dans les magasins du Châtelet, en tablier gris de quincaillier, alors que j'allais acheter des fauteuils de jardin pour notre maison de Sully. Ils ont eu cinq enfants, mes demi-sœurs et demi-frères, que je ne connais pas et qui doivent mener une vie laborieuse et sans histoire.

Prosper est mort l'an dernier. Ma mère m'a envoyé un faire-part. Si je ne suis pas allé à l'enterrement, j'ai envoyé des fleurs et, depuis, j'ai rendu deux courtes visites au pavillon de Saint-Maur où ma mère habite actuellement.

Nous n'avons rien à nous dire. Il n'existe aucun point commun entre nous. Elle me regarde comme un étranger et se contente de murmurer :

— Tu as l'air d'avoir réussi. Tant mieux si tu es heureux !

Mon père était inscrit au Barreau et avait son cabinet dans l'appartement de la rue Visconti. A-t-il mené trop longtemps l'existence d'un vieil étudiant ? Il m'est difficile d'en juger. Au physique, il ne me ressemblait pas, car il était bel homme, racé, d'une élégance que j'ai admirée chez certains hommes de sa génération. Cultivé, il fréquentait des poètes, des artistes, des rêveurs et des filles, et il était rare de le voir rentrer, la démarche incertaine, avant deux heures du matin.

Il lui arrivait de ramener une femme avec lui, qui restait chez nous une nuit ou un mois, parfois, comme une certaine Léontine, davantage. Léontine s'est incrustée si longtemps dans la maison que je m'attendais à ce qu'elle finisse par se faire épouser.

Cela ne m'affectait pas, au contraire. J'étais assez fier de vivre dans une atmosphère différente de celle de mes camarades d'école, puis de lycée, plus fier encore quand mon père m'adressait un coup d'œil complice, dans le cas, par exemple, où Pauline découvrait une nouvelle pensionnaire dans la maison et faisait la tête.

Je me rappelle qu'elle en a mis une à la porte, de force, avec une énergie surprenante chez une petite créature comme elle, en l'absence de mon père, bien entendu, qui devait être au Palais, et en criant à la fille qu'elle était sale comme un torchon, trop mal embouchée pour rester une heure de plus sous un toit honnête.

Mon père a-t-il été malheureux ? Je le revois presque toujours souriant, encore que d'un sourire sans gaieté. Il avait trop de pudeur pour se plaindre et c'était sa délicatesse de répandre autour de lui une légèreté que je n'ai plus connue ensuite.

Alors que je commençais mon droit, il était, à cinquante ans, encore un bel homme, mais il supportait moins bien l'alcool et il lui arrivait de rester couché des journées entières.

Il a connu mes débuts chez M^e^ Andrieu. Il a assisté, deux ans plus tard, à mon mariage avec Viviane. Je suis persuadé que, bien que nous vivions rue Visconti avec la même liberté, la même indépendance que les hôtes d'une pension de famille, au point qu'il nous arrivait de rester trois jours sans nous rencontrer, il a été affecté par le vide créé par mon départ.

Pauline, en vieillissant, perdait sa bonne humeur et son indulgence, le traitait, non plus en patron, mais comme quelqu'un à sa charge, lui imposant un régime alimentaire dont il avait horreur, faisant la chasse aux bouteilles qu'il était obligé de cacher, allant même à sa recherche, le soir, dans les caboulots du quartier.

Mon père et moi ne nous sommes jamais posé de questions l'un à l'autre. Nous n'avons jamais fait non plus allusion à notre vie privée, encore moins à nos idées et à nos sentiments.

A l'heure qu'il est, j'ignore encore si Pauline a été pour lui, à une certaine époque, autre chose qu'une gouvernante.

Il est mort à soixante et onze ans, quelques minutes seulement après une visite que je lui ai faite, comme s'il s'était retenu afin de m'éviter le spectacle de son départ.

Il fallait que j'en parle, non par piété filiale, mais parce que l'appartement de la rue Visconti a peut-être eu une certaine influence sur mes goûts profonds. Pour moi, en effet, le cabinet de mon père, avec ses livres qui tapissaient les murs jusqu'au plafond, ses revues entassées à même le plancher, ses fenêtres à petits carreaux donnant, à travers une cour médiévale, sur l'ancien atelier de Delacroix, est resté le type de l'endroit où il fait bon vivre.

Mon ambition, en entrant à l'Ecole de Droit, était, non de réussir une carrière rapide et brillante, mais de mener une existence de cabinet, et j'aspirais à devenir un juriste besogneux bien plus qu'un avocat d'assises.

Est-ce encore mon rêve aujourd'hui ? Je préfère ne pas poser la question. J'ai été, avec ma tête démesurée, le brillant élève type et, quand mon père rentrait la nuit, il y avait presque toujours de la lumière dans ma chambre, où j'ai souvent travaillé jusqu'à l'aube.

Mon idée de ma future carrière était si bien partagée par mes professeurs que, sans m'en rien dire, ils ont parlé de moi à M^e^ Andrieu, alors bâtonnier, dont on cite encore aujourd'hui le nom comme celui d'un des avocats les plus remarquables du demi-siècle.

Je revois la carte de visite que je trouvai un matin dans le courrier et qui portait, sous les mots gravés, une phrase écrite d'une écriture très fine, très « artiste », comme on disait encore.

*M^e^ Robert Andrieu*

*vous serait obligé de passer un matin entre dix heures et midi à son cabinet, 66, boulevard Malesherbes.*

Je dois avoir conservé cette carte, qui se trouve probablement, avec d'autres souvenirs, dans un carton. J'avais vingt-cinq ans. Non seulement M^e^ Andrieu était une gloire du Barreau, mais il était un des hommes les plus élégants du Palais et passait pour mener une existence fastueuse. Son appartement m'impressionna, et plus encore le vaste cabinet à la fois sévère et raffiné dont les fenêtres s'ouvraient sur le parc Monceau.

Plus tard, je devais me donner le ridicule de me commander une veste de velours noir, bordée d'une ganse de soie, pareille à celle qu'il portait ce matin-là. Je m'empresse d'ajouter que je ne l'ai jamais mise et que je l'ai donnée avant que Viviane l'aperçoive.

Ce que M^e^ Andrieu m'offrit, c'était de faire mon stage chez lui, ce qui était d'autant plus inespéré qu'il était assisté par trois avocats déjà connus par eux-mêmes.

Je ne dirai pas qu'il ressemblait physiquement à mon père, et pourtant il y avait chez les deux hommes, qui avaient connu des fortunes diverses, comme des traits de famille qui n'étaient peut-être que des traits d'époque. La politesse méticuleuse, par exemple, qu'ils affectaient dans leurs moindres rapports avec autrui, comme aussi un certain respect de la personne humaine qui les faisait parler à une servante sur le même ton qu'à une femme du monde. C'est surtout la similitude de leur sourire qui m'a frappé, une tristesse — ou une nostalgie — assez bien enfouie pour qu'on ne fasse que la soupçonner.

Non seulement Me Andrieu jouissait d'une réputation exceptionnelle de juriste, mais il était un homme à la mode et comptait parmi ses clients les artistes, les écrivains et les étoiles de l'Opéra.

Nous étions deux à travailler dans le même bureau, un grand garçon roux, devenu depuis politicien, et moi, et il ne nous parvenait guère que les échos de la vie mondaine du patron. Au début, je suis resté un mois sans le voir, recevant mes dossiers et mes instructions d'un certain Mouchonnet, qui était son bras droit.

Souvent, le soir, il y avait un grand dîner ou une réception. Deux ou trois fois, dans l'ascenseur, j'avais aperçu Mme Andrieu, beaucoup plus jeune que son mari, dont on parlait comme d'une des beautés de Paris et qui était à mes yeux un être inaccessible.

Avouerai-je que mon premier souvenir de Viviane est celui de son parfum, un après-midi que j'avais pris l'ascenseur qu'elle venait de quitter ? Une autre fois, je l'aperçus elle-même, vêtue de noir, une voilette sur les yeux, qui pénétrait dans la longue limousine dont le chauffeur tenait la portière ouverte.

Rien ne laissait prévoir qu'elle deviendrait ma femme, et c'est pourtant ce qui est arrivé.

Elle ne provenait pas, comme beaucoup de jolies femmes, du demi-monde ou du théâtre, mais d'une famille de bonne bourgeoisie provinciale. Son père, fils d'un médecin de Perpignan, était alors capitaine de gendarmerie et, avec sa famille, il a vécu un peu partout en France, au hasard des promotions, pour prendre enfin sa retraite dans ses Pyrénées natales où il élève aujourd'hui des abeilles.

Nous sommes allés le voir au printemps dernier. Il lui arrive aussi, plus rarement depuis qu'il est veuf, de passer quelques jours à Paris.

J'ignorais, au début, que, tous les deux mois environ, Me Andrieu offrait un dîner à ses collaborateurs, et c'est à un de ces dîners-là que j'ai été présenté pour la première fois à Viviane. Elle avait vingt-huit ans et elle était mariée depuis six ans. Le bâtonnier, lui, avait passé la cinquantaine et était resté longtemps seul après un premier mariage qui lui avait donné un fils.

Ce fils, âgé de vingt-cinq ans, vivait dans un sanatorium suisse et je pense qu'il est mort depuis.

Je suis laid, je l'ai dit, et je ne diminue pas ma laideur, ce qui me donne le droit d'ajouter qu'elle est compensée par l'impression de puissance, ou plutôt de vie intense, que je dégage. C'est d'ailleurs un de mes atouts aux assises et les journaux ont assez parlé de mon magnétisme pour qu'il me soit permis d'y faire allusion.

Cette vitalité concentrée est la seule explication que je trouve à l'intérêt que Viviane m'a porté dès le premier jour, intérêt qui, par moments, frisait la fascination.

Pendant le repas, en tant que le plus jeune des convives, je me trouvais assez loin d'elle, mais je sentais sur moi son regard curieux et, à l'heure du café, c'est près de moi qu'elle est venue s'asseoir, au salon.

Il nous est arrivé, plus tard, d'évoquer ensemble cette soirée-là, que nous appelons « la soirée des questions » car, pendant près d'une heure, elle m'a posé des questions, souvent indiscrètes, auxquelles, mal à l'aise, je m'efforçais de répondre.

Le cas de Corine et de Jean Moriat pourrait fournir une explication à ce qui s'est passé, qui n'est probablement pas tout à fait fausse, mais je continue à penser que ce ne sont pas des considérations de ce genre qui ont joué le premier soir et qu'elles n'auraient pas joué du tout si, dès le premier contact, une sorte d'accrochage ne s'était produit.

De par son caractère, et à cause de leur différence d'âge, Andrieu avait tendance à traiter sa femme en enfant gâtée plutôt qu'en compagne ou en maîtresse. Certains mots révélateurs ont échappé par la suite à Viviane, qui indiquent qu'elle ne trouvait pas auprès de lui les satisfactions sexuelles dont elle avait grand besoin.

Les a-t-elle cherchées avec d'autres ? Andrieu l'en soupçonnait-il ?

J'ai entendu parler, avec des sourires, d'un certain Philippe Savard, jeune oisif qui, pendant un certain temps, a fréquenté assidûment le boulevard Malesherbes et qui a cessé soudain de s'y montrer. A cette époque, Viviane, qui, enfant, a fait beaucoup d'équitation avec son père, montait chaque matin au Bois en compagnie de ce Savard et celui-ci, en outre, l'accompagnait au théâtre les soirs que M^e^ Andrieu en était empêché.

Toujours est-il qu'après ce premier dîner nos contacts sont devenus plus fréquents, encore qu'anodins. Avec l'assentiment de son mari, Viviane usait de moi, dernier venu dans la maison, pour des courses personnelles, de menues démarches mondaines, ce qui m'ouvrait de temps en temps les portes de son appartement.

Le théâtre nous a rapprochés davantage, plus exactement un concert qui eut lieu un soir que mon patron était pris par un banquet officiel. A l'instigation de Viviane, je suppose, il m'a prié de lui servir de cavalier.

M'a-t-elle étudié, jaugé, comme Corine l'a fait pour le député des Deux-Sèvres ? Eprouvait-elle déjà le besoin de jouer un rôle plus actif que celui qui lui était permis chez son mari ?

L'idée ne m'en est pas venue alors. J'étais ébloui, exalté, incapable de croire que mes rêves pourraient se réaliser. J'ai même très sincèrement, pendant une semaine, envisagé de quitter le cabinet de M^e^ Andrieu afin de m'éviter une désillusion trop cruelle.

Un voyage qu'il fit à Montréal, où il venait d'être nommé docteur *honoris causa* de l'Université Laval, devait précipiter les événements. Son absence, de trois semaines en principe, dura deux mois, à cause d'une bronchite qu'il attrapa là-bas. J'ignorais que, jeune homme, il avait passé trois ans en haute montagne, comme c'était maintenant le cas de son fils.

Viviane, à plusieurs reprises, m'a prié de l'escorter le soir. Non seulement nous sommes allés au théâtre, dont elle était friande, mais, une nuit, nous avons soupé au cabaret. Elle avait renvoyé la voiture et c'est en rentrant en taxi que, jouant le tout pour le tout, je me penchai sur elle.

Deux jours plus tard, le jour de congé de la femme de chambre, je fus admis pendant une heure dans son appartement. Puis, au retour d'Andrieu, force nous fut de nous rencontrer à l'hôtel, ce qui, la première fois, me couvrit de honte.

A-t-il appris la vérité ? Ne l'a-t-il connue que le jour où elle a décidé de le mettre au courant de la situation ?

Moi qui exige si implacablement des faits précis de la part de mes clients, je me trouve fort embarrassé pour les établir en ce qui me concerne. Pendant des années, j'ai été persuadé qu'Andrieu ignorait tout. Plus tard, j'ai douté. Depuis quelques mois, je suis enclin à pencher pour le contraire.

J'ai parlé de signe, précédemment. Je n'en soupçonnais rien à l'époque et je me serais sans doute moqué de qui m'en aurait parlé. Or, si quelqu'un au monde portait ce signe-là, c'était bien M^e^ Andrieu.

Le jour que Viviane avait fixé pour les aveux, j'avais remis ma démission, surpris de la façon à la fois triste et résignée dont il l'avait acceptée.

— Je vous souhaite le succès que vous méritez, m'a-t-il dit en me tendant sa main longue et soignée.

C'était quelques heures seulement avant la confession.

J'ai attendu des nouvelles de Viviane pendant deux longues semaines. Elle avait promis de me téléphoner rue Visconti tout de suite après leur entretien. Ses valises étaient prêtes. Les miennes aussi. Nous devions nous installer dans un hôtel du quai des Grands-Augustins en attendant de trouver un appartement, et j'avais déjà obtenu un poste chez un avocat d'affaires qui, depuis, a mal tourné.

Le lendemain, je n'osai pas appeler le boulevard Malesherbes et, donnant la consigne à Pauline pour le cas où on me téléphonerait, j'allai faire le guet devant sa maison.

Ce n'est que trois jours plus tard que j'appris par mon père, qui l'avait entendu dire au Palais, qu'Andrieu avait fait une rechute et gardait le lit. Sur ce sujet-là encore, mon opinion n'est plus celle que j'avais il y a vingt ans. Aujourd'hui, je pense qu'un homme pour qui une femme est devenue la principale raison de vivre, est capable de tout, lâchetés, bassesses, cruautés, pour la garder coûte que coûte.

Un mot griffonné a fini par m'annoncer :

*Je serai jeudi vers dix heures du matin quai des Grands-Augustins.*

Elle arriva à dix heures et demie avec ses malles, en taxi, bien qu'Andrieu eût insisté pour la faire conduire par la limousine.

Nos premières journées ont été sans gaieté et c'est Viviane qui s'est remise la première, trouvant mille plaisirs imprévus dans sa nouvelle vie.

C'est elle aussi qui a découvert l'appartement de la place Denfert-Rochereau et qui, parmi ses anciennes relations, a déniché mon premier client important.

— Tu verras, plus tard, quand tu seras l'avocat le plus en vue de Paris, comme cela nous attendrira de nous souvenir de ce logement !

Andrieu avait insisté pour demander le divorce en prenant les torts sur lui. Les semaines passaient sans que nous en entendions parler quand le journal, un matin de mars, nous apporta la nouvelle :

*Le bâtonnier Andrieu victime d'un accident de montagne.*

On racontait qu'il était allé rendre visite à son fils dans un sanatorium de Davos et que, voulant en profiter pour faire, seul, une excursion en montagne, il avait glissé dans une crevasse. Son corps n'avait été découvert par un guide que deux jours plus tard.

Cette fin-là aussi, comme ses longues moustaches soyeuses, sa politesse, son sourire en demi-teinte, a pour moi un parfum d'époque.

Comprend-on à présent pourquoi, lorsque les gens parlent de nous comme d'un couple de fauves, ils touchent sans le savoir à un point ultra-sensible ?

Il nous fallait nous raccrocher l'un à l'autre avec énergie pour ne pas sombrer dans le remords et le dégoût. Une passion dévorante seule pouvait nous servir d'excuse et nous faisions l'amour comme deux êtres pris de folie, nous nous serrions l'un contre l'autre en regardant durement un avenir qui devait être une revanche.

Pendant un an je n'ai presque pas vu mon père, sinon de loin, au Palais, car je travaillais quatorze et quinze heures par jour, acceptant toutes les causes, les quémandant, dans l'attente de celle qui établirait ma réputation. Ce n'est qu'à la veille de nous marier que je me rendis rue Visconti.

— Je voudrais que tu fasses la connaissance de ma future femme, dis-je à mon père.

Il avait certainement entendu parler de notre aventure, dont il était beaucoup question au Palais, mais il ne m'en dit rien, se contenta de m'observer et de me demander :

— Tu es heureux ?

J'ai répondu oui, et je croyais l'être. Peut-être l'étais-je réellement ? Nous nous sommes mariés sans aucun bruit à la mairie du XIVe arrondissement et nous sommes allés nous reposer quelques jours dans une auberge de la forêt d'Orléans, à Sully, où six ans plus tard nous devions acheter une maison de campagne.

C'est là que je reçus la visite d'un homme qui avait obtenu notre adresse de notre concierge et qui, regardant l'auberge où quelques consommateurs discutaient au comptoir, grommela en me faisant signe de le suivre :

— Allons bavarder le long du canal.

Je n'arrivais pas à le situer socialement. Il ne ressemblait pas à ce qu'on appelait alors un homme du milieu, ni à ce qu'on appelle aujourd'hui un gangster. Plutôt mal vêtu de sombre, peu soigné, l'œil méfiant, la bouche amère, il faisait penser à un de ces employés fatigués qui vont de porte en porte pour effectuer les recouvrements.

— Mon nom ne vous dira rien, commença-t-il dès que nous eûmes dépassé les quelques chalands amarrés dans le port. De mon côté, je sais tout ce que j'ai besoin de savoir de vous et je pense que vous êtes mon homme.

Il s'interrompit pour questionner :

— C'est votre femme légitime qui est avec vous à l'auberge ?

Et, comme je répondais oui :

— Je me méfie des gens en situation irrégulière. Je vais droit au but. Je n'ai aucun démêlé avec la justice et je ne veux pas en avoir. Cela établi, je n'en ai pas moins besoin du meilleur avocat que je puisse me payer et il est possible que vous soyez cet homme-là. Je ne possède pas de magasins, pas de bureaux, je n'ai pas d'usines ni de patente, mais je traite de très grosses affaires, plus grosses que la plupart des messieurs qui ont pignon sur rue.

Il y mettait une certaine agressivité, comme pour protester contre la modestie de son aspect et de sa mise.

— En tant qu'avocat, vous n'avez pas le droit de répéter ce que je vais vous confier et je peux jouer franc-jeu. Vous avez entendu parler du trafic de l'or. Depuis que les changes varient presque quotidiennement et que les monnaies, dans la plupart des pays, ont un cours forcé, il y a gros profit à transporter de l'or d'un endroit à un autre et les frontières qu'il s'agit de lui faire franchir changent selon les cours. De temps à autre, les journaux annoncent qu'un passeur a été pris à Modane, à Aulnoye, à l'arrivée du bateau de Douvres ou ailleurs. Il est rare qu'on remonte la filière beaucoup plus loin, mais cela pourrait arriver. Or, au bout de la filière, c'est moi.

Il alluma une gauloise et s'arrêta pour regarder les ronds que des insectes traçaient sur la surface du canal.

— J'ai étudié la question, pas comme pourrait le faire un homme de loi habile, mais assez pour me rendre compte qu'il existe des moyens légaux de m'éviter des ennuis. J'ai à ma disposition deux sociétés d'exportation et d'importation et autant d'agences qu'il m'en faut à l'étranger. J'achète vos services à l'année. Je ne vous prends qu'une petite partie de votre temps et vous restez libre de défendre qui vous plaît à la barre. Avant chaque opération, je vous consulte et c'est vous que cela regarde de la rendre sans danger.

Il se tourna vers moi pour la première fois depuis que nous avions quitté l'auberge et, me regardant en face, laissa tomber :

— C'est tout.

J'étais devenu rouge et mes poings s'étaient serrés de colère. J'allais ouvrir la bouche — et sans doute ma protestation aurait-elle été violente — quand, devant ma réaction, il murmura :

— Je vous verrai ce soir après dîner. Parlez à votre femme.

Je ne suis pas rentré tout de suite, car j'ai voulu me donner du mouvement pour calmer mes nerfs. A l'auberge, c'était l'heure de l'apéritif et il y avait trop de clients au comptoir pour qu'il soit possible de nous y entretenir.

— Seul ? s'étonna Viviane.

Il commençait à faire frais dehors, d'une fraîcheur humide. Je l'entraînai dans notre chambre, tapissée de papier à fleurs, qui sentait la campagne. Je parlai bas, car nous entendions les voix des buveurs et ils auraient pu nous entendre.

— Il m'a quitté sur le chemin de halage en m'annonçant qu'il viendrait chercher ma réponse ce soir après que je t'aurai mise au courant.

— Quelle réponse ?

Je lui répétai ce qu'il m'avait dit et je la voyais écouter sans réagir.

— C'est inespéré, non ?

— Tu ne comprends pas ce qu'il attend de moi ?

— Des conseils. N'est-ce pas ton rôle d'avocat d'en donner ?

— Des conseils pour tourner la loi.

— C'est le cas de la plupart des conseils qu'on attend d'un avocat, ou alors je n'y ai rien compris.

J'ai cru qu'elle ne se rendait pas compte, — je me suis appliqué à mettre les points sur les *i*, mais elle restait calme.

— Combien t'a-t-il proposé ?

— Il n'a pas cité de chiffre.

— C'est pourtant du chiffre que cela dépend. Te rends-tu compte, Lucien, que cela représente la fin de nos difficultés et que l'avocat-conseil d'une grande société fait exactement le même travail ?

Elle oubliait de parler à voix basse.

— Chut !

— Tu ne lui as rien dit qui l'empêche de revenir ?

— Je n'ai pas ouvert la bouche.

— Comment s'appelle-t-il ?

— Je l'ignore.

Je ne l'ignore plus aujourd'hui. Il s'appelle Joseph Bocca, encore qu'après tant d'années je ne sois pas certain que ce soit son nom véritable, pas plus que je ne jurerais de sa nationalité. Outre son hôtel particulier à Paris et des fermes un peu partout en France, il s'est acheté une magnifique propriété sur la Côte d'Azur, à Menton, où il vit une partie de l'année et où il nous a invités, ma femme et moi, à passer autant de temps que nous voudrions.

C'est maintenant un homme connu car, avec la fortune que lui a rapportée le trafic de l'or, il a monté des affaires de textiles qui ont des filiales en Italie et en Grèce et il a des intérêts dans des entreprises variées. Je ne serais pas surpris, lundi, quand l'ambassadeur sud-américain viendra me voir, de découvrir que Bocca est dans le coup de l'affaire d'armes.

Je rêvais encore de devenir un juriste distingué.

— Tout ce que je te demande, ce soir, c'est de ne pas le décourager par un non brutal.

Quand il est revenu, vers huit heures et demie, alors que nous finissions de dîner, nous sommes allés nous promener dans l'obscurité et j'ai dit oui, tout de suite, pour en finir, et aussi parce qu'il ne me laissait pas le choix.

— C'est tout ou rien.

Il a cité son chiffre.

— Je vous enverrai la semaine prochaine un de mes employés, qui s'appelle Coutelle et qui vous expliquera le mécanisme actuel des opérations. Vous étudierez la question à tête reposée et, quand vous aurez trouvé une solution, vous me téléphonerez.

Il ne me remit pas une carte de visite mais un bout de papier sur lequel était écrit le nom de Joseph Bocca, un numéro de téléphone du quartier du Louvre et une adresse rue Coquillière.

Je suis allé, par curiosité, jeter un coup d'œil à l'immeuble aux escaliers et aux couloirs crasseux où on trouvait, comme l'annonçaient à la porte des plaques d'émail, un curieux échantillonnage des professions les plus inattendues, une masseuse, une école de sténographie, un commerce de fleurs artificielles, un détective privé, une agence de placement et un journal corporatif de la boucherie.

En plus, l' « I.P.F. » , commission-exportation.

Je préférai ne pas me montrer et attendre la visite du nommé Coutelle à mon cabinet. Il y est revenu souvent, au cours des années et, la dernière fois, c'était pour m'annoncer qu'il prenait sa retraite dans une villa qu'il venait de se faire construire sur la falaise de Fécamp.

Viviane ne m'a pas forcé la main. J'ai agi de mon plein gré. Je regrette, à présent, d'être remonté si loin dans ma vie, car ce n'est pas du passé, mais du présent, que je m'étais promis de m'occuper dans ce dossier.

On prétend que l'un explique l'autre et j'hésite à le croire.

Il est deux heures du matin. Malgré les prévisions de l'O.N.M. le vent s'est remis à souffler en tempête et j'entends le volet, à l'étage au-dessus, qui recommence à se déglinguer. Rue Jacob, il doit faire une chaleur étouffante et la moitié des gens qui s'y pressent se rencontrent dix fois la semaine à des générales, à des cocktails, à des ventes de charité ou à des cérémonies plus ou moins officielles.

Il est possible que Marie-Lou ait du talent, encore que je ne croie pas aux vocations tardives. Elle m'a dit hier, à dîner, qu'elle avait envie de faire mon portrait parce que j'ai un « masque puissant » et Lannier, qui a entendu, a souri en exhalant lentement la fumée de sa cigarette.

C'est un homme important et, chaque fois que ses journaux sont poursuivis en diffamation, il fait appel à moi. Par contre, jamais il ne m'a demandé de le représenter au civil, où il a toujours quelque affaire pendante. Sans doute me considère-t-il, et il n'est pas le seul, comme une « grande gueule », capable d'enlever un verdict par le brio et la fougue d'une plaidoirie, par la violence et l'astuce des attaques et des contre-attaques, mais il ne m'enverrait pas devant les froids magistrats des Chambres civiles.

Est-il, lui aussi, en affaires avec Bocca ? C'est probable. On ne fait pas longtemps mon métier sans constater qu'à une certaine hauteur de la pyramide il n'y a plus que quelques hommes à se partager le pouvoir, les fortunes et les femmes.

J'essaie de ne pas penser à Yvette et, toutes les cinq minutes, je me demande ce qu' « ils » font. Sont-ils allés dans un musette comme elle les aime et où, malgré tout, je serais déplacé ? Ou bien ont-ils choisi un des bals populaires de Montmartre pleins de dactylos et de vendeurs de grands magasins ?

Elle me le dira demain si je le lui demande. Mangent-ils une choucroute dans une brasserie ?

Peut-être sont-ils déjà rentrés ?

Je m'impatiente, souhaite le retour de ma femme afin d'aller me coucher. Je pense à Me Andrieu qui attendait peut-être aussi dans son cabinet où, dès l'automne, il avait l'habitude de se camper le dos aux bûches.

Je n'ai pas l'intention de me rendre en Suisse, ni d'excursionner en montagne. Le cas est différent. Tout est différent. Deux vies, deux situations ne sont jamais semblables et j'ai tort de me laisser impressionner par cette histoire de signe qui commence à me hanter.

Il y a longtemps que je n'ai pas pris de vacances. Je suis fatigué. Viviane a beau être mon aînée, elle mène un train que je n'arrive plus à suivre qu'en soufflant.

Je demanderai à Pémal de passer me voir. Il me prescrira de nouveaux médicaments, me conseillera une fois de plus de ne pas forcer la machine et me répétera que les hommes, comme les femmes, ont leur retour d'âge.

Selon lui, je suis en plein retour d'âge !

— Attendez la cinquantaine et vous serez surpris de vous sentir plus jeune et plus vigoureux qu'aujourd'hui.

A soixante ans, il commence ses visites à huit heures du matin, quand ce n'est pas plus tôt, pour les finir à dix heures du soir et il n'hésite pas à répondre aux appels de nuit.

Je l'ai toujours vu d'humeur égale, un sourire malicieux aux lèvres, comme s'il trouvait amusant de voir les gens s'inquiéter de leur santé.

L'ascenseur monte, s'arrête à l'étage au-dessus.

C'est ma femme qui rentre.

## 4

*Dimanche 13 novembre, 10 heures du matin*

En rentrant ce matin, vers huit heures et demie, j'ai pris deux comprimés de phénobarbital et me suis mis au lit, mais la drogue n'a produit aucun effet et, en fin de compte, j'ai préféré me lever. Après une douche froide, je suis descendu dans mon bureau et, avant de m'y asseoir, je me suis assuré qu' « il » n'est pas à faire les cent pas sur le trottoir.

L'O.N.M. avait raison, après tout. Le vent est tombé, le ciel est comme neuf et il fait un froid piquant, les gens qu'on voit se rendre à la messe enfoncent les mains dans les poches et martèlent le pavé de leurs talons. Mes clochards ne sont pas sous le Pont-Marie ; je me demande s'ils ont déménagé ou si c'est leur tour de dormir à bord de la péniche de l'Armée du Salut.

La nuit dernière, quand j'ai entendu Viviane rentrer, j'ai enfermé mon dossier et, alors que j'étais presque en haut de l'escalier, la sonnerie du téléphone m'a fait sursauter, car j'ai tout de suite pensé à une nouvelle désagréable.

— C'est toi ? a fait, à l'autre bout du fil, la voix d'Yvette.

Ce n'était pas sa voix normale, mais sa voix quand elle a bu ou qu'elle est surexcitée.

— Tu n'étais pas couché ?

— Je montais.

— Tu m'as dit que tu te couches rarement avant deux heures, surtout le sa...

Elle se mordit la langue sans achever le mot samedi. C'est moi qui questionnai :

— Où es-tu ?

— Rue Caulaincourt, chez *Manière.*

Il y a eu un silence. Du moment qu'elle m'appelait un samedi soir, c'est qu'un accrochage s'était produit.

— Seule ?

— Oui.

— Depuis longtemps ?

— Une demi-heure. Dis-moi, Lucien, cela t'ennuierait de venir me chercher ?

— Tu es inquiète ? Que se passe-t-il ?

— Rien. Je t'expliquerai. Tu viens tout de suite ?

Je trouvai ma femme occupée à se déshabiller.

— Tu ne t'es pas couché ? dit-elle.

— Je montais quand j'ai reçu un coup de téléphone. Je dois sortir.

Elle m'a lancé un coup d'œil intrigué.

— Quelque chose ne va pas ?

— Je ne sais pas. Elle n'a rien voulu me dire.

— Tu ferais mieux d'éveiller Albert pour qu'il te conduise. Il sera prêt en quelques minutes.

— Je préfère prendre un taxi. C'était réussi, rue Jacob ?

— Nous étions deux fois plus nombreux que prévu et des amis ont dû se dévouer pour aller avec leur voiture chercher de nouvelles caisses de champagne. Tu parais contrarié.

Je l'étais. Dehors, surpris par le froid, j'ai été obligé de marcher jusqu'au Châtelet pour trouver un taxi. Je connais le restaurant *Manière*, à Montmartre, mais j'ignorais qu'Yvette le fréquentait à son tour. Pour ma femme et moi, il représente une époque, une étape. La seconde année de notre mariage, nous avons eu, un temps, la passion du canoë, et nous allions le dimanche en faire sur la Marne, entre Chelles et Lagny. Un même groupe s'y retrouvait, des jeunes couples pour la plupart, surtout des médecins et des avocats, et, pendant la semaine, on avait pris l'habitude de se rencontrer chez *Manière*.

Du jour au lendemain, sans raison dont je me souvienne, cette période-là a été révolue et une autre a commencé, nous avons fait partie, successivement, de plusieurs coteries avant d'aboutir à notre milieu actuel. Il m'est arrivé d'envier ceux qui restent dans un même milieu toute leur vie. Il n'y a pas si longtemps, nous sommes passés par Chelles, un dimanche matin, en allant chez des amis qui ont une propriété dans la région, et j'ai été surpris de reconnaître, sur l'eau, dans les mêmes canoës, un certain nombre de couples d'autrefois, vieillis, qui ont maintenant de grands enfants.

Je ne sais pas depuis combien d'années je n'ai pas mis les pieds chez *Manière* mais, en poussant la porte, j'ai reçu une bouffée familière et je ne pense pas que l'atmosphère ait beaucoup changé. J'ai aperçu Yvette devant un verre de whisky et le choix de cette boisson m'a renseigné sur son état d'esprit.

— Retire ton pardessus et assieds-toi, m'a-t-elle dit avec l'air important de quelqu'un qui a de graves nouvelles à annoncer.

Le garçon s'est avancé et j'ai commandé un whisky aussi. J'en ai bu plusieurs par la suite et c'est ce qui m'a empêché de m'endormir ce matin, car une certaine quantité d'alcool me rend nerveux plutôt que de m'assommer.

— Tu n'as aperçu personne sur le trottoir ?

— Non. Pourquoi ?

— Je me demandais s'il n'était pas revenu pour me guetter. C'est le genre d'homme à cela. Dans l'état où il est, il est capable de tout.

— Vous vous êtes disputés ?

Quand elle a pris deux ou trois verres, les choses ne sont jamais si simples. Elle m'a regardé dans les yeux, tragique, pour prononcer :

— Je te demande pardon, Lucien. Je devrais te rendre heureux. J'essaie de toutes mes forces et ne parviens qu'à t'attirer des tracas et à te faire de la peine. Tu aurais dû me mettre à la porte le jour où je suis allée te trouver la première fois et, à l'heure qu'il est, je serais à ma vraie place, en prison.

— Parle moins fort.

— Excuse-moi. C'est vrai que j'ai bu, mais je ne suis pas saoule. Je te jure que je ne suis pas saoule. Il est important que tu me croies. Si tu me vois ainsi, c'est que j'ai peur, surtout pour toi.

— Raconte-moi ce qui s'est passé.

— Nous sommes allés dans un cinéma de Barbès, où on donnait un film qu'il avait envie de voir depuis longtemps, et, en sortant, j'ai eu envie de manger un morceau place du Tertre.

Elle a le goût des endroits bruyants et colorés, du pittoresque vulgaire, agressif.

— Il ne m'a pas parlé tout de suite. Je ne le sentais pas comme d'habitude, mais je ne me figurais pas que c'était aussi grave. A un moment donné, alors que nous venions de danser et que nous reprenions notre place, il m'a arrêtée au moment où je m'asseyais et m'a dit, les sourcils joints :

» — Tu sais ce que nous allons faire ?

» Et moi — je t'en demande pardon — de lui répondre :

» — Parbleu !

» — Il ne s'agit pas de cela. Nous allons rue de Ponthieu, mais c'est pour y prendre tes affaires et tu viendras chez moi. J'ai enfin la nouvelle chambre qu'ils me promettent depuis longtemps. Elle est assez grande pour deux et donne sur la rue.

» J'ai répliqué, croyant qu'il parlait en l'air :

» — Tu sais bien, Léonard, que c'est impossible.

» — Non. J'ai réfléchi. C'est trop bête de vivre comme nous le faisons. Tu m'as répété souvent que tu ne te souciais pas d'un grand appartement, ni d'une vie confortable. Tu as connu pire que le quai de Javel, non ?

Pendant qu'elle parlait avec animation, je restais immobile sur la banquette, les yeux fixés sur un couple qui buvait du champagne et s'embrassait entre les gorgées. A certain moment, ils se sont amusés, par leurs baisers, à faire passer le champagne d'une bouche dans l'autre.

— J'écoute, soupirai-je après qu'Yvette se fut tue quelques instants.

— Je ne peux pas tout te raconter. Ce serait trop long. Il n'en a jamais tant dit qu'aujourd'hui. Il prétend qu'il est enfin sûr qu'il m'aime et que rien ne le fera renoncer à moi.

— Il a parlé de moi ?

Elle ne répondit pas.

— Qu'a-t-il dit ?

— Que je ne te dois aucune reconnaissance, que tu n'es qu'un égoïste, un...

— Un quoi ?

— Un vicieux, tant pis, c'est toi qui insistes. Il n'a rien compris, prétend que tu te conduis comme tous les bourgeois, etc. Je lui ai répondu que c'était faux, qu'il ne te connaissait pas et que je refusais de t'abandonner. Il y avait du monde autour de nous. Un chanteur nous a forcés à nous taire pendant un certain temps et cela m'a permis de l'observer et de constater qu'il lui était venu un air méchant. Quand le chanteur s'est tu, il m'a dit :

» — Si tu y tiens, appelle-le tout de suite au téléphone et annonce-lui notre décision.

» J'ai refusé, lui répétant que je n'irais pas avec lui.

» — Dans ce cas, c'est moi qui lui téléphone et qui lui parle. Je t'assure qu'il comprendra !

» Je me suis raccrochée à lui et, pour gagner du temps, j'ai proposé :

» — Allons ailleurs. Tout le monde nous regarde et se figure que nous nous disputons.

» Nous avons marché dans l'obscurité des petites rues, là-haut, avec de longs silences. Tu m'as demandé de te dire tout, Lucien. Je te jure que je n'ai pas hésité à prendre ma décision, que je cherchais seulement un moyen de me débarrasser de lui. Quand j'ai aperçu les lumières de chez *Manière*, j'ai prétendu que j'avais soif, nous sommes entrés et j'ai commandé un whisky dont j'avais rudement besoin, car la scène recommençait.

» — Qu'est-ce que tu aurais de plus, lui ai-je demandé, si j'allais vivre avec toi à Javel ?

» — Tu serais ma femme.

» — Que veux-tu dire ?

» — Ce que cela signifie. Je t'épouserais.

Elle finit son verre, ricana :

— Tu te rends compte ? J'ai éclaté de rire, mais cela me faisait quand même un drôle d'effet, car c'est la première fois qu'un homme me proposait cela.

» — Avant un mois, ai-je répliqué, tu le regretterais, ou c'est moi qui en aurais assez de toi.

» — Non.

» — Je ne suis pas faite pour vivre avec un homme.

» — Toutes les femmes sont faites pour ça.

» — Pas moi.

» — Cela me regarde.

» — Cela me regarde aussi.

» — Avoue que c'est à cause de lui que tu refuses.

» Je n'ai rien avoué, j'ai gardé le silence et il a continué :

» — Tu en as peur ?

» — Non.

» — Alors, tu l'aimes ?

Elle se tut encore, fit un geste à l'adresse du garçon.

— La même chose.

— Pour les deux ?

Je dis que oui sans penser.

— Il répétait :

» — Tu l'aimes ? Avoue ! Dis-moi la vérité.

» Je ne sais plus ce que j'ai répondu à la fin, et, très en colère, il s'est levé en me jetant :

» — C'est avec lui que je réglerai la question.

» Il est parti, furieux et pâle, après avoir jeté de l'argent sur la table pour les consommations.

— Il avait bu ?

— Quelques verres. Pas assez pour lui faire autant d'effet. Je m'attendais à ce qu'une fois dehors il se calme et revienne me demander pardon. Avant de te téléphoner, je suis restée une demi-heure seule dans mon coin à me morfondre et à sursauter chaque fois que la porte s'ouvrait. Soudain, l'idée m'est venue qu'il était peut-être allé te trouver chez toi.

— Je n'ai vu personne.

— Il le fera, j'en suis persuadée, car il ne parlait pas en l'air. Ce n'est pas le genre de garçon qui prend une décision à la légère et, quand il a une idée en tête, il la réalise coûte que coûte. Comme pour ses études ! J'ai peur, Lucien. J'ai si peur qu'il t'arrive quelque chose !

— Partons.

— Laisse-moi prendre encore un verre.

C'était le verre de trop, je l'ai compris quand sa langue s'est épaissie et que son regard est devenu fixe, et aussi au ton de son discours.

— Tu es sûr que je ne te quitterai pour rien au monde, n'est-ce pas ? Il faut que tu le saches, que tu saches que tu es tout pour moi, qu'avant toi je n'existais pas et que, si tu n'y étais plus...

J'ai appelé le garçon pour payer et elle a trouvé le moyen de boire le reste de ma consommation. Au moment de sortir, elle m'a supplié de m'assurer qu'on ne nous guettait pas dehors. Nous avons eu la chance de trouver un taxi sans attendre et nous nous sommes fait conduire rue de Ponthieu. Dans la voiture, elle est restée blottie contre moi, pleurnichant, secouée parfois d'un frisson.

Son récit n'est pas nécessairement exact et je ne saurai jamais ce qu'elle a dit à Mazetti. Même sans aucune raison de mentir, elle éprouve le besoin de raconter des histoires et finit par les croire.

Au début, n'a-t-elle pas juré à Mazetti que je n'étais que son avocat, qu'elle était innocente de l'affaire de la rue de l'Abbé-Grégoire et qu'elle me devait une reconnaissance éternelle pour l'avoir arrachée à une condamnation injuste ?

Cela remonte à juillet, à un jour de semaine, je ne sais plus lequel, où je l'ai conduite à

Saint-Cloud pour déjeuner dans une guinguette comme elle les aime. Il y avait foule à la terrasse où nous mangions et je n'ai prêté qu'une attention distraite à deux jeunes gens sans veston, dont un aux cheveux très bruns et frisés, qui occupaient la table voisine et regardaient sans cesse de notre côté. J'avais un rendez-vous important à deux heures et demie et, à deux heures et quart, nous n'en étions pas encore au dessert. J'annonçai à Yvette que je devais partir.

— Je peux rester ? demanda-t-elle.

Elle ne me parla de rien le lendemain, ni le surlendemain, seulement trois jours plus tard, alors que les lumières étaient éteintes et que nous allions nous endormir.

— Tu dors, Lucien ?

— Non.

— Je peux te parler ?

— Bien sûr, tu peux me parler. Tu veux que j'allume ?

— Non. Je crois que j'ai encore fait une chose pas bien.

Je me suis souvent demandé si sa sincérité, sa manie de confession viennent de ses scrupules ou d'une cruauté naturelle, peut-être du besoin de donner un intérêt à sa vie en la colorant de drame ?

— Tu n'as pas remarqué les deux jeunes gens, l'autre jour, à Saint-Cloud ?

— Lesquels ?

— Ils étaient à la table voisine. Il y en avait un brun, très musclé.

— Oui.

— Quand tu es parti, j'ai compris qu'il allait me parler, en le voyant se débarrasser de son ami, et, en effet, un peu plus tard, il m'a demandé la permission de prendre son café à ma table.

Elle a eu d'autres aventures depuis que nous nous connaissons et je la crois sincère quand elle m'affirme que je les connais toutes. La première, deux semaines après son acquittement, alors qu'elle habitait encore le boulevard Saint-Michel, était avec un musicien d'une boîte de Saint-Germain-des-Prés. Elle m'a avoué qu'elle s'asseyait toute la soirée près du jazz et que, le second soir, il l'avait emmenée chez lui.

— Tu es jaloux, Lucien ?

— Oui.

— Cela te fait très mal ?

— Oui. Peu importe.

— Tu penses que je serais capable de me retenir ?

— Non.

C'est vrai. Les sens ne sont pas seuls en cause. C'est plus profond, un besoin de vivre une vie différente, d'être le centre de quelque chose, de sentir l'attention sur elle. Je m'en étais convaincu en cour d'assises, où elle a probablement passé les heures les plus grisantes de sa vie.

— Tu tiens toujours à ce que je te dise tout ?

— Oui.

— Même si cela te fait mal ?

— Cela me regarde.

— Tu m'en veux ?

— Ce n'est pas ta faute.

— Tu crois que je suis faite autrement qu'une autre ?

— Non.

— Alors, comment les autres s'arrangent-elles ?

A ces moments-là, quand nous atteignons un

certain point d'absurdité, je lui tourne le dos, car je sais ce qu'elle veut : qu'on discute son cas à n'en plus finir, qu'on analyse sa personnalité, ses instincts, son comportement.

Elle s'en rend compte aussi.

— Je ne t'intéresse plus ?

Alors elle boude, ou elle pleure, puis elle m'observe un moment comme une petite fille qui a désobéi et se décide à venir me demander pardon.

— Je ne comprends pas comment tu me supportes. Mais as-tu déjà pensé, Lucien, qu'il peut être exaspérant pour une femme de se trouver en face d'un homme qui sait tout, qui devine tout ?

Avec le musicien, cela n'a duré que cinq jours. Un soir, je l'ai trouvée étrange, fébrile, les yeux écarquillés, et, en lui posant les questions qu'il fallait, j'ai obtenu l'aveu qu'il lui avait fait prendre de l'héroïne. Je me suis fâché et quand, le lendemain, j'ai compris qu'elle l'avait revu malgré ma défense, je l'ai giflée pour la première fois, si fort qu'elle en a porté une marque sous l'œil gauche pendant plusieurs jours.

Je ne peux pas la surveiller jour et nuit, ni exiger qu'elle passe tout son temps à m'attendre. Je sais que je ne lui suffis pas et force m'est de lui laisser chercher ailleurs ce que je ne lui donne pas. Tant pis si j'en souffre.

Les premiers mois, l'inquiétude dominait, car je me demandais si elle me reviendrait ou si elle foncerait tête baissée dans quelque sale aventure.

Depuis Saint-Cloud, mes soucis ont changé de forme.

— C'est un garçon d'origine italienne, mais

il est né en France et il est français. Sais-tu ce qu'il fait ? Il est à la fois étudiant en médecine et manœuvre, la nuit, chez Citroën. Tu ne trouves pas ça courageux, toi ?

— Où t'a-t-il conduite ?

— Nulle part. Ce n'est pas son genre. Nous sommes revenus à pied par le Bois de Boulogne et je ne crois pas avoir autant marché de ma vie. Tu es fâché ?

— Pourquoi serais-je fâché ?

— Parce que je ne t'en ai pas parlé plus tôt.

— Tu l'as revu ?

— Oui.

— Quand ?

— Hier.

— Où ?

— A la terrasse du *Normandie*, aux Champs-Elysées, où il m'avait donné rendez-vous.

— Par téléphone ?

Donc, il connaissait déjà son numéro.

— Toi qui as toujours peur que je tombe sur un voyou, je me suis dit que cela te ferait plaisir. Son père est maçon à Villefranche-sur-Saône, pas loin de Lyon, où je suis née, et sa mère fait la vaisselle dans un restaurant. Il a sept frères et sœurs. Depuis l'âge de quinze ans, il travaille pour payer ses études. A présent, il vit dans une petite chambre, à Javel, près de l'usine, et ne dort pas plus de cinq heures par jour.

— Quand le revois-tu ?

Je savais qu'elle avait une idée de derrière la tête.

— Cela dépend de toi.

— Que veux-tu dire ?

— Si tu le désires, je ne le reverrai pas du tout.

— Quand t'a-t-il demandé de le revoir ?

— Le samedi soir, il ne travaille pas à l'usine.

— Tu as envie de le retrouver samedi prochain ?

Elle n'a pas répondu. Le dimanche matin, téléphonant rue de Ponthieu, j'ai compris à son embarras qu'elle n'était pas seule. C'était la première fois, à ma connaissance, qu'elle emmenait quelqu'un dans un appartement qui est en somme le nôtre.

— Il est là ?

— Oui.

— Je te retrouverai chez Louis ?

— Si tu veux.

La nuit du samedi au dimanche est devenue « leur » nuit et, pendant un certain temps, Mazetti a cru à l'histoire de l'avocat au grand cœur. Yvette m'a confessé que, parfois, dans la journée, elle allait l'embrasser quai de Javel alors qu'il étudiait.

— Juste pour lui donner du courage. La chambre est toute petite et, dans l'hôtel, il n'y a que des ouvriers d'usine, surtout des Arabes et des Polonais. Dans l'escalier, j'ai peur de ces hommes qui ne se dérangent pas pour me laisser passer et qui me regardent avec des yeux brillants.

Il est venu rue de Ponthieu d'autres jours que le samedi aussi, puisqu'un après-midi je l'ai croisé sous la voûte. Nous nous sommes reconnus. Il a hésité, m'a salué avec une certaine gêne et je lui ai rendu la politesse.

Ne fût-ce que pour ajouter du piquant à l'aventure, Yvette a fini, comme je m'y attendais, par lui avouer que je ne suis pas seulement son bienfaiteur, mais son amant.

Elle lui a raconté aussi le *hold-up* de la rue de l'Abbé-Grégoire, la version véritable, cette fois, en ajoutant que j'avais joué, pour elle, mon honneur et ma situation.

— *Cet homme-là, c'est sacré, tu comprends ?*

Qu'importe si elle l'a dit ou pas dit ? Toujours est-il qu'il n'a pas protesté et qu'une autre fois que nous nous rencontrions dans la rue il m'a encore salué en m'observant curieusement.

Je me demande si elle ne lui a pas fait croire que je suis impuissant, que je me satisfais de privautés qui ne doivent pas lui porter ombrage ? C'est faux, mais elle m'a raconté des fables moins plausibles.

Ils ne comprennent rien ni l'un ni l'autre, bien entendu. Et, maintenant, ce qui devait arriver se produit.

— Qu'a-t-il encore dit ? ai-je questionné, une fois dans l'appartement.

— Je ne sais plus. Je préfère ne pas le répéter. Tout ce que les jeunes gens disent des hommes de ton âge qui se conduisent en amoureux.

Elle a ouvert un placard et je l'ai vue boire à la bouteille.

— Arrête !

Elle a pris le temps, en me regardant, d'avaler une dernière lampée.

La bouche pâteuse, elle questionne alors :

— Tu ne peux pas le faire arrêter, avec les relations que tu as ?

— Sous quel prétexte ?

— Il a proféré des menaces.

— Quelles menaces ?

— Ce n'est peut-être pas si précis, mais il a

laissé entendre qu'il trouverait le moyen de se débarrasser de toi.

— Dans quels termes ?

Ici, je sais qu'elle ment, qu'en tout cas elle brode.

— Même si c'était vrai, ce ne serait pas une raison suffisante pour l'arrêter. Tu aimerais le voir en prison ?

— Je ne veux pas qu'il t'arrive malheur. Je n'ai que toi, tu le sais.

Elle le pense, et c'est plus sérieux qu'elle ne le croit. Elle serait désemparée, malheureuse, si elle se trouvait à nouveau livrée à elle-même, il ne lui faudrait pas longtemps pour finir mal.

— Je suis malade, Lucien.

Je le vois. Elle a trop bu et ne va pas tarder à vomir.

— Je me doutais si peu que cela tournerait de cette façon-là ! Je le trouvais pratique. Je te savais content...

Elle se rend compte que le mot est un peu gros.

— Je te demande pardon. Tu vois ! C'est toujours la même chose avec moi. Je m'efforce de bien faire et tout ce que j'essaie tourne mal. Ce que je peux te jurer, sur ta tête, c'est que je ne le reverrai plus. Tu ne veux pas jeter un coup d'œil dans la rue ?

J'ai entrebâillé les rideaux et n'ai vu personne à la lumière des lampadaires.

— Ce que je crains, c'est qu'il soit allé boire, car il ne supporte pas l'alcool. Lui d'habitude si calme et si facile à vivre, cela le rend méchant. Une fois qu'il avait bu un verre de trop...

Elle ne finit pas sa phrase et se précipite dans la salle de bains où j'entends ses hoquets.

— J'ai honte, Lucien... balbutie-t-elle entre deux vomissements. Si tu savais comme je me déteste !... Je me demande comment tu peux...

Je l'ai déshabillée et couchée. Je me suis déshabillé à mon tour, me suis étendu à côté d'elle. Deux ou trois fois, elle a prononcé, dans son sommeil agité, des mots que je n'ai pu saisir.

Il est possible que Mazetti soit en train de s'enivrer dans un bar ouvert toute la nuit comme il y en a quelques-uns à Paris, ou peut-être marche-t-il à grands pas le long des avenues désertes en exhalant ses rancœurs. Il est possible aussi qu'il vienne rôder rue de Ponthieu, comme j'ai rôdé moi-même, certain jour, sous les fenêtres du boulevard Malesherbes.

Si le récit qu'Yvette m'a fait de leur soirée et de son attitude n'est pas trop romancé, il ne la lâchera pas facilement et ne tardera pas à revenir à la charge.

Lui a-t-elle vraiment tout dit de son passé et s'est-elle montrée aussi sincère avec lui qu'avec moi ? Il n'en a pas moins proposé de l'épouser.

J'ai dû sommeiller un certain temps, car la sonnerie du téléphone m'a fait sauter hors du lit et je me suis précipité dans le salon pour décrocher le récepteur, me faisant très mal au pied en heurtant un meuble au passage. Ma première idée a été que ma femme m'appelait, comme c'est déjà arrivé, pour une chose urgente. J'ignorais l'heure. La chambre était sombre mais, dans le salon, j'ai aperçu la blancheur du jour par l'entrebâillement des rideaux.

— Allô !

J'ai répété, n'entendant rien :

— Allô !

J'ai compris. C'est lui qui a appelé, ne s'attendant pas à ce que je sois ici. En reconnaissant ma voix, il n'a pas raccroché et j'entends sa respiration à l'autre bout du fil. C'est assez impressionnant, surtout qu'Yvette, qui s'est éveillée, vient de paraître, nue et blême dans le demi-jour, et me fixe de ses yeux écarquillés.

— Qui est-ce ? questionne-t-elle à voix basse.

Je raccroche et dis :

— Un faux numéro.

— C'est lui ?

— Je n'en sais rien.

— Je suis certaine que c'est lui. A présent qu'il te sait ici, il va venir. Allume, Lucien.

Cette raie du petit jour entre les rideaux lui donne froid dans le dos.

— Je me demande d'où il téléphone. Il est peut-être dans le quartier.

J'avoue que j'ai été mal à l'aise, moi aussi. Je n'ai aucune envie de l'entendre frapper à la porte de l'appartement car, s'il a continué à boire, il est capable de faire du scandale.

Je n'ai pas de comptes à lui rendre, aucune explication à lui fournir. Une discussion à trois serait ridicule, odieuse.

— Tu ferais mieux de t'en aller.

Je ne veux pas non plus avoir l'air de fuir.

— Tu préfères rester seule ?

— Oui. Moi, je m'arrangerai toujours.

— Tu comptes lui ouvrir ?

— Je ne sais pas. Je verrai. Rhabille-toi.

Une autre idée lui passe par la tête.

— Pourquoi ne pas téléphoner à la police ?

Je me suis habillé, humilié, furieux contre moi-même. Pendant ce temps, toujours nue, elle regardait par la fenêtre, le visage collé à la vitre.

— Tu es sûre que tu préfères rester seule ?

— Oui. Va vite !

— Je te téléphonerai en arrivant quai d'Anjou.

— C'est cela. Je resterai ici toute la journée.

— Je viendrai te voir plus tard.

— Oui. Va !

Elle m'a accompagné sur le palier et m'a embrassé, toujours sans rien sur le corps, s'est penchée sur la rampe pour me recommander :

— Fais attention !

Je n'ai pas eu peur, bien que je ne me targue pas de bravoure physique et que j'aie les bagarres en horreur. Je n'en étais pas moins désireux d'éviter une rencontre, qui aurait pu être déplaisante, avec un garçon exaspéré. D'autant plus que je ne lui en veux pas, que je n'ai rien à lui reprocher et que je comprends son état d'esprit.

La rue de Ponthieu était déserte et seuls mes pas y ont résonné tandis que je la remontais jusqu'à la rue de Berri pour prendre un taxi. Aux Champs-Elysées, un couple en tenue de soirée, des étrangers, rentrait au *Claridge*, bras dessus, bras dessous, et la femme avait encore des bouts de serpentins dans les cheveux.

— Quai d'Anjou ! Je vous arrêterai.

Je restais inquiet pour Yvette. Comme je la connais, elle n'a pas dû se recoucher et elle fait le guet à la fenêtre sans songer à s'habiller. Il lui arrive de rester nue une grande partie de la journée, même en été, quand les fenêtres sont ouvertes.

— Tu le fais exprès, ai-je déclaré une fois.

— Quoi ?

— De te montrer nue aux gens d'en face.

Elle m'a regardé de la façon dont elle me regarde quand je la devine, avec un sourire qu'elle s'efforce de cacher.

— C'est amusant, non ?

Peut-être aussi cela l'amuserait-il que Mazetti vienne la relancer ? Je ne suis pas certain que, si elle savait où le toucher, elle ne lui téléphonerait pas. Toujours ce besoin, chez elle, de sortir de sa propre vie, de se créer un personnage.

J'ai peur que, si elle l'aperçoit dans la rue, elle téléphone à la police, rien que pour l'excitation.

A peine dans mon bureau, c'est moi qui l'appelle.

— Ici, Lucien.

— Tu es bien rentré ?

— Il n'est pas venu ?

— Non.

— Tu étais encore à la fenêtre ?

— Oui.

— Recouche-toi.

— Tu ne penses pas qu'il va venir ?

— Je suis persuadé que non. Je te rappellerai tout à l'heure.

— J'espère que tu vas dormir aussi ?

— Oui.

— Je te demande pardon pour la mauvaise nuit que je t'ai fait passer. J'ai honte de m'être saoulée, mais je ne me suis pas rendu compte que je buvais.

— Couche-toi.

— Tu vas en parler à ta femme ?

— Je ne sais pas.

— Ne lui dis pas que j'ai vomi.

Elle sait que Viviane est au courant de tout et cela la préoccupe car, vis-à-vis d'elle, elle aimerait jouer un rôle pas trop humiliant. Soudain elle me questionne à son sujet :

— Qu'est-ce que tu lui racontes au juste ? Tout ce que nous faisons ?

Il lui est arrivé, en posant cette question-là, d'ajouter avec un rire excité :

— Même ce que je te fais maintenant ?

J'ai regardé par la fenêtre de mon bureau, je l'ai déjà écrit, et n'ai vu personne sur le quai. Il est probable que Mazetti est rentré chez lui et dort profondément.

Je suis monté sans bruit. Ma femme n'en a pas moins entrouvert les paupières au moment où j'avalais mes deux comprimés.

— Rien de mauvais ?

— Non. Dors.

Elle ne devait pas être tout à fait réveillée, car elle a sombré aussitôt dans le sommeil. J'ai essayé de dormir aussi. Je n'ai pas pu. Mes nerfs étaient à fleur de peau, le sont encore, il me suffit de voir mon écriture pour m'en convaincre. Un graphologue conclurait peut-être que c'est une écriture de fou ou d'intoxiqué.

Depuis un certain temps, je m'attends à quelque chose de désagréable, mais je n'ai rien imaginé de plus désagréable et de plus humiliant que la nuit que je viens de passer.

Les yeux fermés, dans la chaleur de mon lit, je me suis demandé si Mazetti n'était pas capable de me faire un mauvais parti. J'ai connu, dans ma carrière, des gestes plus insensés. Je ne lui ai jamais parlé. Je n'ai fait que l'apercevoir et il m'a donné l'impression d'un garçon sérieux, renfermé, qui suit farouchement la ligne de conduite qu'il s'est tracée.

Se rend-il compte que son histoire avec

Yvette menace tout l'avenir qu'il a si durement préparé ? Si elle lui a tout dit, s'il la connaît comme je la connais, est-il assez naïf pour espérer qu'il va la changer tout à coup et en faire l'épouse d'un jeune médecin ambitieux ?

Il est en pleine crise, incapable de raisonner. Demain ou dans quelques jours, il verra la réalité en face et se félicitera de mon existence.

L'ennui, c'est que je n'en sois pas si sûr. Pourquoi réagirait-il autrement que je l'ai fait ? Parce qu'il est trop jeune pour comprendre, pour sentir ce que j'ai senti ?

Je voudrais le croire. J'ai cherché tant d'explications à mon attachement à Yvette ! Je les ai rejetées l'une après l'autre, les ai reprises, combinées, mélangées les unes aux autres sans obtenir de résultat satisfaisant et, ce matin, je me sens vieux et bête ; quand je suis descendu dans mon bureau, tout à l'heure, la tête vide, les yeux picotants faute de sommeil, j'ai regardé les livres qui recouvrent les murs et j'ai haussé les épaules.

Est-il arrivé autrefois à Andrieu de se contempler avec une pitié méprisante ?

J'envie, aujourd'hui, ceux qui continuent à aller faire du canoë entre Chelles et Lagny et tous les autres que j'ai semés en route parce qu'ils piétinaient.

J'en suis à guetter par la fenêtre un jeune écervelé qui, paraît-il, a menacé de me réclamer des explications ! Je dis paraît-il, car je ne suis même pas sûr que tout cela soit vrai, que, ce soir ou demain, Yvette ne m'avouera pas qu'elle a exagéré, sinon inventé, une bonne partie de ce qu'elle m'a raconté.

Je ne peux pas lui en tenir rigueur, puisque c'est sa nature et qu'en fin de compte nous en faisons tous plus ou moins. La différence, c'est qu'elle a, elle, tous les défauts, tous les vices, toutes les faiblesses. Même pas ! Elle voudrait les avoir. C'est un jeu qu'elle joue, sa façon de combler le vide.

Je ne suis pas en état, ce matin, de m'analyser. A quoi bon, d'ailleurs, et à quoi bon savoir pourquoi, à cause d'elle, j'en suis arrivé où j'en suis ?

Il n'est même pas sûr que ce soit à cause d'elle. Les auteurs de vaudevilles, les auteurs gais qui parviennent à faire rire de la vie, appellent ça l'été de la Saint-Martin et cela devient un sujet de plaisanteries.

Je n'ai jamais pris la vie au tragique. Je m'en défends encore. Je cherche à rester objectif, à me juger et à juger les autres froidement. Je cherche surtout à comprendre. En commençant ce dossier, il m'est arrivé de m'adresser une sorte de clin d'œil, comme si je me livrais à un jeu solitaire.

Or, je n'ai pas encore ri. Ce matin, j'ai moins envie de rire que jamais et je me demande si je ne préférerais pas être dans la peau d'un de ces petits-bourgeois endimanchés qui se hâtent vers la grand-messe.

Je viens de téléphoner pour la seconde fois à Yvette, et elle a mis un certain temps à venir à l'appareil. A la façon dont elle dit « allô », je sens qu'il y a du nouveau.

— Tu es seule ?

— Non.

— Il est là ?

— Oui.

Pour ne pas l'obliger à parler devant lui, je pose des questions précises.

— Furieux ?

— Non.

— Il t'a demandé pardon ?

— Oui.

— Il est toujours dans les mêmes intentions ?

— C'est-à-dire...

Mazetti a dû lui arracher le récepteur des mains, car on a raccroché brusquement.

Vieil idiot !

## 5

*Samedi 26 novembre*

Voilà deux semaines que je n'ai pas eu un instant pour ouvrir ce dossier et que je vis sur mon élan, convaincu qu'à un moment donné je vais m'écrouler d'épuisement, incapable d'un pas ou d'un mot de plus. C'est la première fois que j'envisage la possibilité que parler devienne au-dessus de mes forces et c'est un fait que je commence déjà à parler moins, par lassitude.

Je ne suis pas le seul à penser à cet éventuel lâchage de mes nerfs. Je lis la même inquiétude dans le regard de ceux qui m'entourent et on commence à m'observer à la dérobée comme un grand malade. Que savent-ils, au Palais, de ma vie intime ? Je l'ignore, mais certaines poignées de main sont résistantes, comme aussi la façon de me dire sans appuyer :

— Ne vous surmenez pas !

Pémal, optimiste d'habitude, a sourcillé en prenant ma tension, l'autre jour, dans le cagibi où j'ai dû le recevoir en coup de vent parce que j'avais un client dans mon cabinet et deux autres qui attendaient au salon.

— Je suppose qu'il est inutile de vous demander de vous reposer ?

— Impossible pour le moment. A vous de faire en sorte que je tienne le coup.

Il m'a administré, sous forme de piqûre, je ne sais quelles vitamines et, depuis, une infirmière vient chaque matin m'en faire une, entre deux portes, le temps d'entrer dans le cagibi et de baisser mon pantalon. Pémal n'y croit guère.

— Un moment vient où on ne peut pas tendre le ressort davantage.

C'est l'impression que j'ai, celle d'un ressort qui en arrive à vibrer et qui va claquer. Je ressens, partout dans le corps, comme une trépidation que je suis impuissant à arrêter et qui est parfois angoissante. Je dors à peine. Je n'en ai pas le temps. Je n'ose même plus m'asseoir dans un fauteuil après les repas, car je suis comme les chevaux malades qui évitent de se coucher par crainte de ne pouvoir se relever.

Je m'efforce de faire face à mes obligations sur tous les fronts et mets ma coquetterie à accompagner Viviane aux réunions mondaines, aux cocktails, aux générales, aux dîners chez Corine et ailleurs où je sais qu'il lui serait pénible de se montrer seule.

Elle m'en est reconnaissante, bien qu'elle ne m'en dise rien, mais elle s'inquiète. Comme par un fait exprès, je n'ai jamais eu autant de causes, au Palais, ni d'aussi importantes, dont je ne peux confier le soin à personne.

L'ambassadeur sud-américain, par exemple, est venu me voir le lundi comme convenu et, si je ne m'étais pas entièrement trompé sur la nature de ses problèmes, je n'avais pas deviné la vérité. Les armes, ils les ont. C'est son père qui a l'intention de prendre le pouvoir à la faveur d'un coup d'Etat qui devrait être bref et peu sanglant. A entendre mon interlocuteur, dont l'accent était devenu passionné, son père risque sa vie et sa fortune, qui est immense, pour le seul bien de son pays actuellement aux mains d'une bande d'affairistes qui le pillent.

Les armes, donc, y compris trois avions quadrimoteurs sur lesquels repose le plan des conjurés, se trouvent à bord d'un navire battant pavillon panaméen qui a eu la mauvaise fortune, à cause d'une avarie, de chercher un abri momentané à la Martinique.

L'avarie était sans gravité. C'était une question de deux ou trois jours. Le hasard a voulu qu'un douanier, pris de zèle, inspecte la cargaison et découvre qu'elle ne correspond pas aux connaissements. Le commandant, de son côté, a eu la maladresse de lui offrir de l'argent et le gabelou a mis en train la lourde machine administrative, bloquant le bateau dans le port.

Sans lui, tout aurait été facile, car le gouvernement français ne demande qu'à fermer les yeux. Or, les rapports une fois en route, cela devient une affaire extrêmement délicate et j'ai eu une entrevue avec le président du Conseil lui-même, plein de bonne volonté mais presque désarmé devant le douanier. Il existe des cas, je le sais par expérience, où le fonctionnaire le plus obscur peut ainsi tenir les ministres en échec.

Dans quelques jours, je plaide l'affaire Neveu, qui exige un travail énorme et fait du bruit depuis des mois. La maîtresse d'un personnage consulaire a tiré six balles sur son amant, au moment où celui-ci, pour s'en débarrasser après lui avoir fait deux enfants, partait pour l'Extrême-Orient où il s'est fait confier un poste. Elle a eu le tort d'agir avec un sang-froid total, en présence des autorités et des journalistes, déclarant à ceux-ci, l'arme fumante encore à la main, qu'elle défiait les tribunaux de la condamner. Un échec, dans ma situation actuelle, me ferait beaucoup de tort et serait considéré comme le commencement du déclin.

J'ai eu de la chance, cette semaine, avec le jeune Delrieu, qui a tué son père pour des raisons restées assez mystérieuses, et dont j'ai obtenu l'internement dans un hôpital psychiatrique.

De nouveaux clients se présentent chaque jour. Si j'écoutais Bordenave, je ne les recevrais pas. Elle se morfond dans son bureau comme un chien de garde qu'on empêcherait d'aboyer à l'approche des rôdeurs et je lui vois souvent les yeux rouges.

Il m'est arrivé, dans des moments de découragement, de penser que si tout le monde se mettait contre moi il me resterait ma secrétaire avec qui finir mes jours. N'est-ce pas ironique que j'éprouve à son égard une antipathie physique, presque de la répulsion, qui m'empêcherait de la serrer dans mes bras ou de regarder son corps nu ? Je soupçonne qu'elle l'a deviné et qu'elle en souffre, qu'à cause de moi elle ne sera à aucun homme.

Le plus dur n'a pas tellement été de prendre ma décision que d'en parler à Viviane, car j'avais conscience, cette fois, d'aller un peu loin et de m'aventurer sur un terrain glissant. Quoi qu'il advienne, je serai lucide jusqu'au bout et je revendique l'entière responsabilité de mes actes, de *tous* mes actes.

La semaine qui a suivi la nuit de chez *Manière* a été une des plus pénibles et peut-être la plus ridicule de ma vie. Je me demande comment j'ai trouvé le temps de plaider, d'étudier les affaires de mes clients et, par-dessus le marché, de me montrer avec Viviane à un certain nombre de réunions parisiennes.

C'est venu, comme je m'y attendais, de Mazetti et de sa nouvelle tactique. On ne m'enlèvera pas de l'idée, en effet, qu'il l'a fait exprès, et il faut croire que ce n'est pas si bête puisqu'il a bien failli réussir.

Le dimanche soir, j'ai eu un entretien sérieux avec Yvette et j'étais sincère, ou presque, quand je lui ai donné à choisir.

— Si tu décides de l'épouser, appelle-le.

— Non, Lucien, je ne veux pas.

— Tu serais malheureuse avec lui ?

— Je ne peux pas être heureuse sans toi.

— En es-tu sûre ?

Elle était si fatiguée qu'elle en devenait comme fantomatique et qu'elle m'a demandé la permission de boire un verre pour se remonter.

— Qu'est-ce qu'il t'a dit ?

— Qu'il attendrait aussi longtemps qu'il faudrait, sûr que je l'épouserai un jour.

— Il reviendra ?

Elle n'avait pas besoin de répondre.

— Dans ce cas, si tu es vraiment décidée, tu vas lui écrire une lettre qui ne lui laisse aucun espoir.

— Qu'est-ce que je dois lui dire ?

— Que tu ne le reverras pas.

Elle avait fait l'amour avec lui une partie de la journée et en portait encore des marques, ses lèvres meurtries, comme diluées, lui mangeaient le visage.

Je lui ai dicté en partie la lettre, que j'ai mise moi-même à la poste.

— Promets, s'il te téléphone ou vient frapper à la porte, de ne pas répondre.

— Je promets.

Il n'a pas téléphoné, ni essayé de s'introduire dans l'appartement. Dès le lendemain, pourtant, elle me téléphonait.

— Il est là.

— Où ?

— Sur le trottoir.

— Il n'a pas sonné chez toi ?

— Non.

— Que fait-il ?

— Rien. Il est adossé à la maison d'en face et regarde fixement mes fenêtres. Qu'est-ce que tu me conseilles ?

— J'irai te chercher pour déjeuner.

J'y suis allé. J'ai vu Mazetti debout dans la rue, non rasé, sale comme s'il était accouru sans se changer en quittant l'usine.

Il ne s'est pas approché de nous, s'est contenté de regarder Yvette avec des yeux de chien battu.

Quand je l'ai ramenée une heure plus tard, il n'était plus là, mais il est revenu le lendemain, puis le jour suivant, la barbe toujours plus longue, les yeux fiévreux, et il commençait à ressembler à un mendiant.

J'ignore la part de sincérité qu'il y a dans son attitude. Il est en pleine crise, lui aussi. Il semble avoir renoncé, du jour au lendemain, à la carrière pour laquelle il s'est tant privé, comme si Yvette seule comptait encore à ses yeux.

Au cours de la semaine, nos regards se sont croisés plusieurs fois et j'ai lu dans ses yeux un reproche méprisant.

J'ai envisagé toutes les solutions imaginables, y compris des solutions impossibles, comme celle de loger Yvette dans l'appartement du bas, celui où se trouvent mon cabinet et les bureaux. Nous y avons conservé une chambre à coucher et une salle de bains que Bordenave utilise quand elle travaille une partie de la nuit.

Pendant des heures, ce projet-là m'a excité. J'étais séduit à la perspective d'avoir Yvette à portée de la main jour et nuit, jusqu'à ce qu'enfin ma raison reprenne le dessus. C'est impraticable, évidemment, ne fût-ce qu'à cause de Viviane. Elle a beaucoup accepté jusqu'ici. Elle est prête à accepter encore bien des choses, mais elle n'irait pas jusque-là.

Je l'ai senti quand je lui ai fait part de la décision que j'ai prise en fin de compte. C'était après le déjeuner. J'avais choisi le moment exprès, car j'étais attendu au Palais et n'avais qu'un quart d'heure de libre, ce qui empêchait l'entretien de se prolonger dangereusement.

En entrant dans le salon pour prendre le café, j'ai murmuré :

— J'ai à te parler.

La façon dont ses traits se sont tirés m'a

montré que je n'avais pas grand-chose à lui apprendre. Peut-être s'est-elle attendue à une décision plus grave encore que celle à laquelle je m'étais arrêté ? Toujours est-il que j'ai senti le choc et que, d'une seconde à l'autre, elle a paru son âge.

J'en ai eu le cœur serré, un peu comme lorsqu'on est obligé de piquer un animal qui vous a été longtemps fidèle.

— Assieds-toi. Ne parle pas. Il n'y a rien de mauvais.

Elle s'est efforcée de sourire et son sourire était dur, défensif ; lorsque je lui ai dit de quel appartement il s'agissait, j'ai su que ce n'était pas pour des raisons sentimentales qu'elle se raidissait. J'ai même cru, un instant, que la bagarre était déclenchée, et je ne suis pas certain de ne pas l'avoir souhaitée. Nous en aurions fini tous les deux d'un seul coup, au lieu d'avancer par étapes. J'étais décidé à ne pas céder.

— Pour des raisons trop longues à t'expliquer et que, d'ailleurs, je suppose que tu connais, il est impossible qu'elle continue à vivre en meublé.

Nous disons toujours « elle », moi par délicatesse, ma femme par mépris.

— Je sais.

— Dans ce cas, ce sera facile. Il faut que, le plus vite possible, je la place dans un endroit inconnu de certaine personne qui la harasse.

— Je comprends. Va.

— Il se fait qu'un appartement se trouve libre.

Savait-elle déjà, par l'agence, par exemple ?

Lorsque nous habitions la place Denfert-Rochereau, la seconde année, si mes souvenirs sont exacts, nous commencions déjà à trouver notre logement incommode et nous rêvions de nous rapprocher du Palais. Plusieurs fois, nous nous étions promenés dans l'île Saint-Louis, qui nous séduisait tous les deux.

Un appartement y était libre, à cette époque, à l'extrême pointe de l'île, de l'éperon qui fait face à la Cité et à Notre-Dame, et nous l'avons visité ensemble en échangeant des regards de convoitise. Le loyer, à cause des lois, n'était pas exagérément élevé, mais on exigeait une reprise que l'état de nos finances ne nous permettait pas d'envisager et nous sommes sortis le cœur gros.

Plus tard, nous devions rencontrer chez des amis une Américaine, miss Wilson, qui, non seulement avait loué l'appartement de nos rêves, mais l'avait acheté, et je crois que plus tard Viviane est allée prendre le thé chez elle. Elle écrivait, fréquentait le Louvre et des artistes et, comme certains intellectuels américains qui s'expatrient, jugeait son pays barbare et jurait de finir ses jours à Paris. Tout l'y enchantait, les bistrots, les Halles, les petites rues plus ou moins louches, les clochards, les croissants du matin, le gros rouge et les musettes.

Or, il y a deux mois, à quarante-cinq ans, elle s'est mariée à un Américain de passage, un homme plus jeune qu'elle, professeur à Harvard, et elle l'a suivi aux Etats-Unis.

Du coup, elle a rompu avec son passé, avec Paris, et elle a chargé une agence immobilière de vendre appartement, meubles et bibelots au plus vite.

C'est à cent cinquante mètres de chez nous

et je n'aurai plus, pour aller voir Yvette, à prendre de taxis ou à déranger Albert.

— J'ai beaucoup réfléchi. A première vue, cela paraît une folie, mais...

— Tu as acheté ?

— Pas encore. Je vois ce soir le représentant de l'agence.

J'avais désormais devant moi une femme qui défend, non plus son bonheur, mais ses intérêts.

— Je suppose que tu ne comptes pas mettre l'appartement à son nom ?

Je m'y attendais. C'était ma première intention, en effet, de faire à Yvette ce cadeau-là, de façon que, quoi qu'il m'arrive, elle ne retombe pas à la rue. Viviane, elle, à ma mort, sera à l'abri du besoin, pourra presque continuer notre genre d'existence grâce à de grosses assurances que j'ai prises à son profit.

J'ai eu une hésitation. Puis, manquant de courage, j'ai battu en retraite. Je m'en veux de cette lâcheté-là, d'avoir balbutié en rougissant :

— Bien entendu.

J'en suis d'autant plus vexé qu'elle a deviné que mon intention première était différente et qu'elle a ainsi remporté une victoire.

— Quand signes-tu ?

— Ce soir, si l'acte de vente est correct.

— Elle emménage demain ?

— Après-demain.

Elle a eu un sourire amer, se souvenant probablement de notre visite de jadis, de notre dépit à l'énoncé de la somme exigée pour la reprise de quelques tapis sans valeur.

— Tu n'as rien d'autre à me dire ?

— Non.

— Tu es heureux ?

J'ai fait signe que oui et elle s'est approchée pour me tapoter l'épaule d'un geste à la fois affectueux et protecteur. A cause de ce geste-là, que je ne lui avais jamais vu, j'ai mieux compris son attitude à mon égard. Depuis longtemps, peut-être depuis toujours, elle me considère comme sa création. Avant de la connaître, pour elle, je n'existais pas. Elle m'a choisi comme Corine a choisi Jean Moriat, à la différence que je n'étais même pas député, et elle a sacrifié pour moi une existence luxueuse et facile.

Elle m'a aidé dans mon ascension, certes, j'aurais mauvaise grâce à le nier, par son activité mondaine qui m'a ouvert bien des portes et amené de nombreux clients. C'est à elle encore, en partie, que je dois d'avoir sans cesse mon nom dans les journaux ailleurs qu'à la rubrique judiciaire, car elle a fait de moi une personnalité parisienne.

Elle ne me l'a pas dit ce jour-là, ne m'a rien reproché, mais j'ai senti qu'il ne faudrait pas risquer un pas de plus, que l'appartement du quai d'Orléans, *à condition qu'il reste à mon nom*, était la limite extrême qu'elle ne me permettrait pas de franchir.

Je me demande si elles parlent de moi, Corine et elle, si elles forment une sorte de clan, car elles sont un certain nombre dans le même cas, ou si au contraire elles se jalousent en échangeant de fausses confidences et des sourires.

Pendant toute cette semaine-là, je luttais contre la montre, car ma grande peur était qu'Yvette se laisse apitoyer, qu'elle fasse, à sa fenêtre, le geste que Mazetti attendait pour se précipiter dans ses bras. Je lui téléphonais d'heure en heure, même pendant les suspensions d'audience, et, dès que j'avais un moment, je courais rue de Ponthieu où, par prudence, je passais toutes mes nuits.

— Si je t'emmène d'ici, me promets-tu de ne pas lui écrire, de ne jamais lui laisser connaître ta nouvelle adresse, de ne pas fréquenter, pendant un certain temps, les endroits où il pourrait te retrouver ?

Je n'ai pas compris sur-le-champ le trac que je lisais dans ses yeux. Elle répondait pourtant, docile :

— Je promets.

Je la devinais effrayée.

— Où est-ce ?

— Tout près de chez moi.

Alors, seulement, elle a été soulagée et m'a avoué :

— Je croyais que tu voulais m'envoyer à la campagne.

Car la campagne lui fait peur, un coucher de soleil derrière des arbres, fussent-ils les arbres d'un square parisien, suffit à la plonger dans une noire mélancolie.

— Quand ?

— Demain.

— J'emballe mes affaires ?

Elle a maintenant de quoi remplir une malle et deux valises.

— Nous déménagerons la nuit, quand nous aurons la certitude que la voie est libre.

Je suis allé, à onze heures et demie du soir, après un dîner d'apparat chez le bâtonnier, la chercher en voiture avec Albert. C'est Albert qui a descendu les bagages, pendant que je faisais le guet, et il tombait de la neige fondue, deux filles qui arpentaient le trottoir, rue de

Ponthieu, ont d'abord essayé de me séduire, puis ont assisté, curieusement, à l'enlèvement.

Depuis des mois, je me soutiens par la promesse, pour le lendemain ou la semaine suivante, d'une existence plus calme, plus facile. Lorsque j'ai acheté l'appartement du quai d'Orléans, j'étais persuadé que cela allait tout arranger et que j'irais désormais voir Yvette en me promenant comme d'autres promènent leur chien, soir et matin, autour de l'île.

Ce n'est pas la peine de continuer ce dossier si ce n'est pas pour tout y dire. J'ai été pris d'une fièvre presque juvénile. L'appartement est coquet, féminin, raffiné.

Boulevard Saint-Michel, cela sentait la passe bon marché, rue de Ponthieu la petite grue des Champs-Elysées.

Ici, c'était un nouvel univers, presque un bond dans l'idéal et, pour qu'Yvette ne s'y sente pas trop dépaysée, je m'étais précipité rue Saint-Honoré et lui avais acheté de la lingerie, des déshabillés, des peignoirs en harmonie avec le décor.

Afin aussi qu'elle ne pense pas à sortir, les premiers temps tout au moins, je lui ai apporté un phonographe, des disques, enfin un poste de télévision, et j'ai garni deux rayons de la bibliothèque de livres assez épicés, elle les aime, sans aller jusqu'à lui apporter des romans populaires.

A son insu, j'ai engagé une bonne, Jeanine, assez belle fille, appétissante et bavarde, qui lui tiendra compagnie.

Je n'ai fait aucune allusion à ces arrangements-là devant Viviane, mais j'ai des raisons de croire qu'elle est au courant. Pendant les trois jours que j'ai passés à courir de la sorte, elle a affecté de me regarder avec un attendrissement maternel et un peu apitoyé, comme on regarde un garçon qui fait sa crise d'âge ingrat.

La troisième nuit que nous dormions dans le nouvel appartement, je me suis réveillé avec l'impression qu'Yvette était brûlante à mon côté. Je ne me trompais pas. Quand j'ai pris sa température, vers quatre heures du matin, elle avait trente-neuf et, à sept heures, le thermomètre approchait de quarante. J'ai téléphoné à Pémal. Il est accouru.

— Vous dites quai d'Orléans ? s'est-il étonné.

Je ne lui ai fourni aucune explication. Il n'en avait pas besoin en me trouvant dans la chambre, près d'Yvette nue dans son lit.

Elle n'a pas de maladie grave, une mauvaise angine qui a duré une semaine, avec des hauts et des bas. Je faisais la navette entre les deux maisons et entre celles-ci et le Palais.

Cette indisposition m'a permis de découvrir qu'Yvette a une peur folle de la mort. Chaque fois que la température recommençait à monter, elle se raccrochait à moi comme un animal en détresse, me suppliant d'appeler le médecin qu'il m'est arrivé de déranger trois fois le même jour.

— Ne me laisse pas mourir, Lucien !

Souvent elle m'a lancé cet appel, les yeux agrandis, comme si elle découvrait Dieu sait quel terrifiant au-delà.

— Je ne veux pas. Jamais ! Reste près de moi !

Une de ses mains dans la mienne, je téléphonais pour reculer des rendez-vous, pour m'excuser d'en manquer d'autres, et j'ai dû appeler Bordenave afin de dicter, près du lit d'Yvette, des lettres qui ne pouvaient attendre.

Je me suis montré quand même, en grande tenue, à la Nuit des Etoiles, et Viviane m'épiait, se demandant si je tiendrais jusqu'au bout, si je n'allais pas tout lâcher pour me précipiter quai d'Orléans.

Pour compliquer encore la situation, il a fallu que, le lendemain, je trouve Mazetti, qui laisse toujours pousser sa barbe, en faction devant la maison du quai d'Anjou. Il a dû comprendre que je le mènerais tôt ou tard à Yvette, et peut-être se figure-t-il qu'elle est chez moi ?

J'ai dû me servir d'Albert, prendre la voiture et faire le tour de l'île à chacune de mes visites quai d'Orléans, ne quitter l'appartement d'Yvette qu'une fois sûr que la voie était libre.

Si je note ces détails sordides, c'est qu'ils ont leur importance et qu'ils aident à expliquer cette hébétude dans laquelle je vis encore en ce moment.

Par bonheur, Mazetti n'a pas persévéré. Il est venu trois fois. Je m'attendais à ce qu'il monte, demande à me voir, et j'avais donné des instructions. J'ai pensé aussi à l'éventualité où il serait armé et j'ai gardé mon automatique dans mon tiroir.

Or, il a disparu du jour au lendemain, à peu près en même temps qu'Yvette a commencé à se sentir mieux.

Elle est levée, presque rétablie, mais elle reste faible et Pémal lui fait les mêmes piqûres qu'à moi ; il nous les fait l'un après l'autre, avec la même seringue, ce qui paraît l'amuser.

J'ignore s'il a reconnu Yvette, dont la photographie a paru dans les journaux au moment du procès. Il doit nourrir pour moi une certaine pitié et peut-être pense-t-il, lui aussi, à l'été de la Saint-Martin.

Cette expression-là me hérisse. J'ai toujours détesté les simplifications. Un de mes confrères, dont on parle presque autant que de moi, à cause de ses bons mots, et qui passe pour un des hommes les plus spirituels de Paris, a ainsi, pour tous les cas, une explication à la fois tranchante et simpliste.

Pour lui, le monde se réduit à quelques types humains, la vie à un certain nombre de crises plus ou moins aiguës par lesquelles les hommes passent tôt ou tard, parfois sans s'en apercevoir, comme ils sont passés, jeunes, par les maladies infantiles.

C'est séduisant, et il lui est arrivé de désarmer les juges en les faisant rire par une saillie. Il doit plaisanter à mon sujet et ses mots font le tour du Palais et des salons. N'est-ce pas drôle, un homme de mon âge, de ma situation — peut-être ajoute-t-il de mon intelligence ? — qui bouleverse son existence et celle de sa femme parce qu'une jeune roulure est venue lui demander un soir de la défendre et lui a montré son bas-ventre ?

Ce qui me surprend, moi, je le confesse, ce qui me trouble, c'est que Mazetti soit amoureux d'Yvette, et j'ai tendance à croire que, sans moi, il ne s'en serait guère préoccupé.

Si un jour on lit les pages de ce dossier, on remarquera que je n'ai jamais encore écrit le mot amour, et ce n'est pas par hasard. Je n'y crois pas. Plus exactement, je ne crois pas à ce qu'on appelle généralement ainsi. Je n'ai pas aimé Viviane, par exemple, si bouleversé que j'aie été par elle à l'époque du boulevard Malesherbes.

Elle était la femme de mon patron, d'un homme que j'admirais et qui était célèbre. Elle vivait dans un monde bien fait pour éblouir l'étudiant pauvre et fruste que j'étais encore la veille. Elle était belle et j'étais laid. De la voir me céder, c'était un miracle qui me gonflait tout à coup de confiance en moi-même et en mon destin.

Car je comprenais déjà ce qui l'attirait en moi : une certaine force, une volonté inflexible à laquelle elle faisait confiance.

Elle a été ma maîtresse. Elle est devenue ma femme. Son corps m'a donné du plaisir, mais n'a jamais hanté mes rêves, n'a jamais été autre chose qu'un corps de femme, et Viviane n'a pris aucune part à ce que je crois le plus important de ma vie sexuelle.

Je lui étais reconnaissant de m'avoir distingué, d'avoir accepté, pour moi, ce que je considérais encore comme un sacrifice, et ce n'est que beaucoup plus tard que j'ai soupçonné la vérité sur ce que, de son côté, elle appelait son amour.

N'était-ce pas, avant tout, un besoin de s'affirmer, de prouver à elle-même et aux autres qu'elle était plus qu'une jolie femme qu'on habille, qu'on protège et qu'on sort ?

Et n'y avait-il pas surtout chez elle une soif de domination ?

Eh ! bien, elle m'a dominé pendant vingt ans et s'efforce de me dominer encore. Jusqu'à l'histoire de l'appartement du quai d'Orléans, elle vivait sans trop d'inquiétude, me lâchant du fil, sûre d'elle, sûre que je lui reviendrais après une crise plus ou moins tumultueuse qui ne la menaçait pas.

Ce que son visage m'a révélé, lors de l'entretien d'après le déjeuner, c'est la découverte qu'elle faisait soudain d'une menace véritable.

Pour la première fois, elle a eu l'impression que je lui échappais et que cela pourrait devenir définitif.

Elle a réagi de son mieux. Elle continue de jouer le jeu, en m'observant de plus près. Elle souffre, je le sais, je la vois continuer à vieillir jour après jour, et elle accentue son maquillage. Mais ce n'est pas pour moi qu'elle souffre. C'est pour elle, non seulement à cause de la situation qu'elle s'est créée avec moi, mais à cause de l'idée qu'elle s'est formée d'elle et de sa puissance.

J'en ai pitié et, malgré les regards alarmés qu'elle me lance, elle n'a pas pitié de moi. Sa sollicitude est intéressée, ce qu'elle attend, ce n'est pas que je recouvre la sérénité, mais que je lui revienne. Même si je dois lui revenir blessé à mort. Même si je ne dois être désormais qu'un corps vide à côté d'elle.

Comment explique-t-elle ma passion pour Yvette ? Pour les autres, celles que j'ai eues avant elle, elle les mettait sur le compte de la curiosité, et aussi de la fatuité masculine, du besoin que ressent chaque homme, surtout s'il est laid, de se prouver qu'il peut réduire une femme à sa merci.

Or, dans la plupart des cas, il n'en a pas été ainsi, et je me crois assez lucide en ce qui me concerne pour ne pas me tromper. Si elle avait raison, j'aurais eu des aventures flatteuses, entre autres avec certaines de nos amies qu'il ne m'aurait pas été difficile de posséder. Cela m'est arrivé à l'occasion, rarement, toujours dans des moments de doute ou de découragement.

J'ai couché plus souvent avec des filles, professionnelles ou non, et, quand j'y réfléchis, je découvre qu'elles avaient toutes certains points communs avec Yvette, ce qui m'avait échappé jusqu'ici.

Ce qui me poussait avant tout, c'était probablement une faim de sexualité pure, si je puis m'exprimer ainsi sans faire sourire, je veux dire sans aucun mélange de considérations sentimentales ou passionnelles. Mettons de sexualité à l'état brut. Ou cynique.

J'ai reçu, parfois forcé, les confidences de centaines de clients, hommes et femmes, et j'ai pu me convaincre que je ne constitue pas une exception, qu'il existe, chez l'être humain, un besoin de se comporter parfois en animal.

Peut-être ai-je eu tort de ne pas avoir osé me montrer à Viviane sous ce jour-là, mais l'idée ne m'en serait pas venue. Qui sait si, de son côté, elle ne me le reproche pas, s'il ne lui est pas arrivé de chercher ces satisfactions-là ailleurs ?

C'est le cas de plusieurs de nos amies, de presque tous nos amis, et, si cet instinct-là n'était quasi universel, la prostitution n'aurait pas existé de tous temps, sous toutes les latitudes.

Il y a longtemps qu'avec Viviane je ne prends plus de plaisir et elle met ma froideur sur le compte de mes préoccupations, de mon travail, sans doute aussi de mon âge.

Or, je ne peux pas rester une heure avec Yvette sans éprouver le besoin de voir sa nudité, de la toucher, de lui demander des caresses.

Ce n'est pas seulement parce qu'elle ne m'impressionne pas, parce qu'elle est une gamine sans importance, ni parce que je suis sans pudeur avec elle.

Demain, il est possible que je pense et écrive le contraire, mais j'en doute.

Yvette, comme la plupart des filles qui m'ont ému, personnifie pour moi la femelle, avec ses faiblesses, ses lâchetés, avec aussi son instinct de se raccrocher au mâle et de s'en faire l'esclave.

Je me souviens de sa surprise et de son orgueil le jour où je l'ai giflée, et, depuis, il lui est arrivé de me pousser à bout dans le seul but de me voir recommencer.

Je ne prétends pas qu'elle m'aime. Je ne veux pas de ce mot-là.

Mais elle a renoncé à être elle-même. Elle a remis son sort entre mes mains. Peu m'importe si c'est par paresse, par veulerie. C'est son rôle et je vois, peut-être naïvement, un symbole dans la façon dont, après m'avoir demandé de la défendre, elle a ouvert ses cuisses sur le coin de mon bureau.

Que, demain, je l'abandonne, elle redeviendra, dans les rues, une chienne errante à la recherche d'un maître.

Cela, Mazetti ne peut pas l'avoir compris. Il s'est trompé de femme. Il n'a pas vu qu'il avait affaire à une femelle.

Elle ment. Elle triche. Elle joue la comédie. Elle invente des histoires pour me troubler et, maintenant que son pain est assuré, elle se vautre dans la paresse, il y a des jours où elle sort à peine de son lit, en face duquel elle fait traîner la télévision.

La vue d'un mâle qui passe la met en chaleur et, dans la rue, elle regarde le pantalon des hommes, à un point précis, avec la même insistance que les hommes apportent à regarder la croupe des passantes. Il a déjà suffi, pour l'exciter, d'une photo-réclame pour des caleçons ou pour des maillots de bain dans un magazine.

Elle a fait avec Mazetti tout ce qu'elle fait avec moi. Elle l'a fait avec d'autres aussi, depuis qu'elle est pubère. Aucune partie du mâle, aucune de ses exigences ne provoque son dégoût.

Je souffre quand je la sais dans les bras d'un autre, je ne peux m'empêcher d'imaginer chacun de leurs gestes, et pourtant elle ne serait pas elle-même si elle n'agissait ainsi.

L'aurais-je choisie ?

Je viens d'écrire le mot à dessein car, lorsqu'elle est venue me voir, on aurait dit que je l'attendais, c'est ce soir-là que j'ai pris ma décision.

A cause de mon âge ?

Peut-être. Mais il ne s'agit pas de leur été de la Saint-Martin. Il ne s'agit pas non plus de retour d'âge, ni d'impotence, encore moins du besoin d'une partenaire plus jeune.

Je sais que je touche à un problème complexe, qu'on traite plus souvent sur le ton de la plaisanterie, parce que c'est plus facile et plus rassurant. On ne plaisante, en général, que de ce dont on a peur.

Pourquoi, à un certain degré de maturité, l'homme ne découvrirait-il pas que...

Non ! Je n'arrive pas à exprimer mon sentiment avec exactitude, et toutes les approximations m'irritent.

Les faits !

Le fait essentiel est que je ne peux me passer d'elle, que je souffre physiquement quand j'en suis éloigné. Le fait est que j'ai besoin de la sentir près de moi, de la regarder vivre, de respirer son odeur, de jouer avec son ventre et de la savoir satisfaite.

Il reste une explication, mais personne n'y croira : la volonté de rendre quelqu'un heureux, de prendre quelqu'un en charge, complètement, quelqu'un qui vous doive tout, qu'on sorte du néant en sachant qu'il y retournera si on vient à lui faire défaut.

N'est-ce pas pour la même raison que tant de gens ont un chien ou un chat, des canaris ou des poissons rouges, et que les parents ne se résignent pas à voir leurs enfants vivre par eux-mêmes ?

Est-ce ce qui s'est passé pour Viviane, et est-ce pour cela qu'elle souffre en me voyant lui échapper ? N'ai-je pas souffert, moi aussi, chaque samedi, en imaginant Mazetti rue de Ponthieu ?

Et, jadis, le bâtonnier Andrieu ?

Nous sommes samedi et, ce soir, je pourrai aller la voir. Il n'y a plus de samedis maudits, de samedis cruels. Je suis las, à bout d'énergie, je vais de l'avant comme une mécanique au frein brisé, mais elle vit à cent cinquante mètres de chez moi et je n'ai pas mal.

Cela ne signifie pas que je suis heureux, mais je n'ai pas mal.

D'autres tracas m'attendent, je les devine prêts à foncer sur moi dès que je me croirai le droit de me détendre. Ma première inquiétude, c'est que ma carcasse ne tienne pas le coup. Ces gens qui me regardent d'un œil inquiet, ou apitoyé, commencent à m'effrayer. Qu'adviendrait-il si, malade, j'étais forcé de m'aliter ?

Que cela me prenne dans mon bureau et je pourrais difficilement exiger qu'on me transporte quai d'Orléans. Serais-je seulement en état d'exprimer une volonté ?

Et si je tombe là-bas, Viviane ne viendra-t-elle pas me chercher ?

Or, je ne veux à aucun prix être séparé d'Yvette. Il faut donc que je tienne le coup et, demain, je demanderai à Pémal s'il ne serait pas bon que je consulte un grand patron.

Nous sortons dans une heure, Viviane et moi, pour dîner chez l'ambassadeur sud-américain. Ma femme, déjà occupée à sa toilette, portera une robe neuve qu'elle s'est commandée pour l'occasion, car ce sera un grand tralala ; je suis obligé de me mettre en habit, ce qui me forcera, après la soirée, à venir me changer avant de me rendre quai d'Orléans.

La convalescence d'Yvette, sa faiblesse actuelle ne dureront pas éternellement. Pour le moment, son existence de recluse, nouvelle pour elle, l'amuse encore. Hier, elle m'a dit, alors que Jeanine, la bonne, nous apportait du thé :

— Tu devrais faire l'amour avec elle aussi. Ce serait un peu comme dans un harem.

Jeanine, qui tournait le dos, n'a pas protesté, et je suis persuadé que cela l'amuserait aussi.

— Tu verras ! Elle a un joli troufignon, avec des poils tout blonds.

Se contentera-t-elle longtemps de jouer au harem ? Quand elle sortira à nouveau, je vais vivre dans l'angoisse, non seulement par crainte de Mazetti, qu'elle pourrait rencontrer par hasard, mais par crainte qu'elle recommence avec un autre.

Malgré sa promesse, n'est-elle pas capable, à peine dehors, de courir quai de Javel ?

Je ne peux pas lui apporter des amants à

domicile et elle en aura faim un jour ou l'autre, ne fût-ce qu'après avoir vu un homme d'un certain type passer dans la rue.

Il n'y a que Jeanine, justement, à prendre notre situation comme si elle était naturelle. J'ignore où elle a servi jusqu'à présent, je crois que la directrice du bureau de placement m'a parlé d'un hôtel à Vichy ou dans une autre ville d'eaux.

On frappe à la porte. Albert paraît, là-haut, au-dessus de l'escalier, et, quand il ouvre la bouche, j'ai déjà compris.

— Dites à Madame que je monte.

Il est temps de m'habiller et il faut avant cela que j'aille donner des instructions à Bordenave qui n'a pas terminé le courrier. Le petit Duret est avec elle, à califourchon sur une chaise, à la regarder travailler, sachant qu'elle a horreur de ça, et qu'elle ne l'aime pas. Il le fait exprès, pour la mettre en colère.

Celui-là ne me regarde ni avec pitié ni avec ironie. Tout l'amuse encore de la vie, comme de pousser Bordenave à bout jusqu'à ce qu'elle pleure, et sans doute aussi ce qu'il connaît de mon aventure.

— Vous avez terminé la lettre Palut-Rinfret ?

— La voici. Dans dix minutes, le courrier sera prêt à signer. Je vous le monte ?

— S'il vous plaît.

Il faudrait si peu pour la rendre heureuse ! Que je lui donne seulement le centième, le millième de ce que j'accorde à Yvette. Bordenave se contenterait des miettes, en fondrait de reconnaissance. Pourquoi donc est-ce au-dessus de mes forces ?

Pendant la maladie d'Yvette, j'ai cru, une fois,

que ma secrétaire allait se trouver mal, tant elle souffrait de notre intimité. Yvette, d'ailleurs, le faisait exprès de m'appeler Lucien, d'exiger de moi de menus services, comme elle l'a fait exprès de sortir du lit, nue à son habitude, pour se rendre à la salle de bains.

Je vais trouver ma femme en combinaison devant sa coiffeuse, car elle attend toujours que je sois prêt pour passer sa robe.

— Il nous reste un quart d'heure, m'annoncera-t-elle.

— C'est suffisant.

— Tu travaillais ?

— Oui.

Encore qu'elle ne s'occupe pas à proprement parler de ce qui se passe au bureau, elle soupçonne la vérité au sujet de ce dossier qu'elle m'a vu refermer un jour qu'elle passait me dire au revoir. Elle a des antennes pour tout ce qui me concerne, ce qui n'est pas sans me hérisser. Je n'aime pas être deviné, surtout quand il s'agit, comme c'est souvent le cas, de menues faiblesses qu'on préfère se cacher à soi-même.

Je dois monter et ne m'y décide pas. J'ai l'impression qu'après avoir tant cherché la vérité j'en suis aussi loin qu'avant, sinon davantage. Il y aura beaucoup de monde chez l'ambassadeur et je me trouverai assis à la droite de sa jeune femme qui n'aura d'yeux que pour son mari.

Est-ce que ce couple-là infirme mes théories — si théories il y a — ou convient-il d'attendre dix ou vingt ans pour savoir ?

Viviane doit s'impatienter et je sais pourquoi je traîne, pourquoi j'hésite. Je prévoyais que cela arriverait quand j'ai installé Yvette quai d'Orléans.

C'était l'étape la plus dangereuse, parce que, pour aller toujours de l'avant, il n'y a plus maintenant qu'un pas possible.

Cette paresse à monter, à affronter Viviane constitue un peu comme une sonnette d'alarme.

Allons ! Je lui donne assez de mal pour ne pas l'agacer par mon retard.

Il me reste à enfermer mon dossier et à en glisser la clef derrière les œuvres complètes de Saint-Simon.

## 6

*Mercredi 30 novembre*

Il est venu, choisissant aussi mal que possible son jour et son heure.

Dimanche soir, Yvette avait fait sa première sortie depuis qu'elle vit quai d'Orléans. Je m'étais d'abord assuré que personne ne rôdait aux alentours. Elle m'a pris le bras et, tout le temps que nous marchions, elle y est restée comme suspendue, d'un geste que j'ai souvent envié aux couples d'amoureux. Il y en avait sur les bancs, dans le square Notre-Dame, malgré le froid, et cela m'a fait penser à mes clochards du Pont-Marie. J'en ai parlé à Yvette.

— Ils avaient disparu depuis un certain temps, lui ai-je raconté, et, ce matin, ils étaient à nouveau deux sous les couvertures.

Cela l'a surprise qu'un homme de ma sorte s'intéresse à ces gens-là, je l'ai compris au regard qu'elle m'a lancé, comme si cela me rapprochait un peu d'elle.

— Tu les observes avec des jumelles ?

— Je n'y ai pas pensé.

— Moi, je le ferais.

— Attends. Ce matin, donc, la femme s'est levée la première et a allumé du feu entre deux pierres. Quand l'homme s'est dégagé à son tour du tas de haillons, je me suis aperçu qu'il était roux, que ce n'était plus le même. Celui-ci est plus grand, plus jeune.

— Peut-être ont-ils mis l'autre en prison ?

— Peut-être.

Nous avons dîné à la *Rôtisserie périgourdine*, où elle a choisi les plats les plus compliqués, puis nous sommes entrés dans un cinéma du boulevard Saint-Michel. Il m'a semblé qu'en apercevant de loin l'hôtel où je l'avais installée après le procès elle s'est assombrie. Il lui serait déjà pénible de retrouver la misère, voire une certaine sorte de médiocrité. L'appartement de miss Wilson produit son effet. Même la rue, où passait un vent froid et où les gens marchaient vite, lui faisait un peu peur.

On donnait un film triste et plusieurs fois, dans l'obscurité, sa main a cherché la mienne. En sortant, je lui ai demandé ce qu'elle désirait et elle a répondu sans hésiter :

— Rentrer.

C'est d'autant plus inattendu que, rue de Ponthieu encore, elle en retardait toujours le moment. Pour la première fois, elle se sent à l'abri, a l'impression d'un chez-elle. Je l'ai quittée de bonne heure car, le lundi matin, j'avais une matinée chargée, comme presque toutes mes matinées. Depuis un mois, il vente ou il pleut, et on n'a pas eu plus d'une demi-journée de soleil. Les gens sont enrhumés, irascibles. Au Palais, plusieurs affaires ont dû être remises parce que l'une ou l'autre des parties avait la grippe.

Le soir, ma femme et moi devions dîner chez Corine, où on se met rarement à table avant neuf heures et demie et où, depuis quelques jours, règne une certaine effervescence. Le pays est sans gouvernement. Les différents chefs possibles ont été appelés à l'Elysée tour à tour, toutes les combinaisons ont été envisagées et on prétend que Moriat sera l'homme de la dernière minute, qu'il a déjà son cabinet en poche. D'après Viviane, il veut constituer, comme c'est, paraît-il, conseillé quand le public perd confiance, un gouvernement de spécialistes choisis en dehors du personnel politique.

— Sans les deux ou trois affaires un peu trop voyantes que tu as plaidées, il ne tiendrait qu'à toi d'être garde des Sceaux, a ajouté ma femme.

Cela ne me serait pas venu à l'esprit. Elle y a pensé. Ce qui est curieux, c'est que le reproche implicite d'avoir accepté certaines causes soit formulé par elle, qui a dû oublier l'incident de Sully.

J'ai quitté le Palais d'assez bonne heure, quelques minutes avant six heures, et me suis rendu quai d'Orléans où j'ai trouvé Yvette, dans un nouveau déshabillé, devant le feu de bûches.

— Tu es tout froid, a-t-elle remarqué quand je l'ai embrassée. Dépêche-toi de te réchauffer.

J'ai d'abord pensé que c'étaient les flammes du foyer qui donnaient un pétillement inhabituel à ses yeux, une sorte d'espièglerie. Puis j'ai supposé qu'elle me réservait une surprise, car elle apportait une hâte fébrile à préparer les Martini pendant que je me chauffais, assis sur un pouf.

— Tu sais, ce que je t'ai dit l'autre jour ?

J'ignorais encore à quoi elle faisait allusion.

— Nous en avons parlé toutes les deux, cet après-midi. Ce n'est pas une blague. Jeanine serait contente. Elle m'a avoué qu'elle est sans ami depuis deux mois et que, chaque fois que nous faisons l'amour, elle est obligée de se caresser dans la cuisine.

Elle avait bu son verre et m'épiait.

— Je l'appelle ?

Je n'ai pas osé dire non. Elle est allée à la porte.

— Jeanine ! Viens.

Puis, à moi :

— Je peux lui donner un verre aussi ? J'en ai préparé trois.

Elle était surexcitée.

— Je vais arranger les lumières, pendant que tu la déshabilles. Si ! C'est toi qui dois le faire car, la première fois, une femme est toujours gênée de retirer ses vêtements. Pas vrai, Jeanine ?

Beaucoup de mes amis, de mes clients, ont une manie, ou une aberration sexuelle quelconque ; je ne m'en suis jamais découvert. C'est presque à contrecœur que je me suis appliqué à dévêtir la grosse fille blonde, qui riait sous prétexte que je la chatouillais.

— Je t'ai dit qu'elle était bien faite. Est-ce que ce n'est pas vrai ? Ses seins sont trois fois plus gros que les miens, et pourtant ils tiennent aussi bien. Touche-les et les pointes vont se raidir.

— Tu as essayé ?

— Après midi.

Cela m'a expliqué l'atmosphère que j'avais trouvée en entrant dans l'appartement.

— Déshabille-toi aussi et on passera un bon moment tous les trois.

Elles en ont parlé d'avance, ont ébauché un programme assez détaillé et, ce qui me surprend, c'est que cela se soit déroulé sans vulgarité.

— Caresse-la d'abord, parce que, moi, je n'ai pas besoin d'être mise en train.

Plus tard, elle a insisté pour prendre ma place.

— Laisse-moi faire. Je vais te montrer.

Elle est fière de me prouver qu'elle peut donner à une femme les mêmes plaisirs que moi, fière aussi de son corps, pas tant de sa beauté, qui n'a rien d'extraordinaire, que de l'usage qu'elle en fait, de son habileté à créer du plaisir.

— Regarde, Jeanine. Après, tu essaieras la même chose.

C'est, chez elle, un exhibitionnisme infantile. Pendant deux heures, elle s'est comportée comme ces musiciens de jazz qui improvisent à l'infini des variations sur un thème et dont les yeux rient à chaque nouvelle découverte.

— Tu ne m'avais jamais avoué que tu avais l'expérience des femmes.

— C'est avec Noémie qu'on s'est amusées, quand on dormait dans le même lit. Au début, elle ne voulait pas. Puis elle a pris l'habitude de me réveiller presque chaque nuit en prenant ma main et en la posant sur son ventre.

» — Tu veux bien ? soufflait-elle, sans s'éveiller tout à fait.

» Noémie était une grosse paresseuse, qui se laissait faire sans bouger et qui, après, se rendormait aussitôt.

A un autre moment, Yvette a eu un mot qui m'a frappé. Elle nous avait déjà servi deux fois à boire et avait bu aussi.

— C'est drôle, a-t-elle remarqué, que j'aime encore tellement ça après avoir dû le faire si souvent pour manger et ne pas coucher dans la rue. Tu ne trouves pas ?

Nous étions nus tous les trois quand la sonnerie du téléphone a rempli la chambre et, encore que les sonneries de téléphone soient impersonnelles, j'ai su que c'était ma femme qui appelait. Elle n'a prononcé qu'une phrase :

— Il est neuf heures, Lucien.

J'ai répondu, comme pris en faute :

— Je viens tout de suite.

J'ai su après, en revenant de la rue Saint-Dominique, où nous n'avons pas vu Moriat, qu'Yvette et Jeanine ne se sont pas rhabillées après mon départ, qu'elles ont continué à boire des Martini en se racontant des histoires et en s'amusant parfois avec leur corps. Elles n'ont pas dîné, se sont contentées de picorer dans le frigidaire.

— C'est dommage que tu aies été obligé de partir. Tu ne peux pas t'imaginer comme Jeanine est drôle quand elle se déchaîne. On dirait qu'elle est en gomme. Elle peut prendre des poses aussi difficiles que les acrobates de cirque.

Ce matin, j'étais vide. Je n'irai pas jusqu'à prétendre que je me sentais mauvaise conscience, ni que j'avais honte, mais cette expérience me laissait un goût bizarre et une certaine inquiétude.

Cela tient peut-être à ce que, depuis quelque temps, j'entrevois la future étape. J'essaie de ne pas y penser, de me persuader que nous sommes bien ainsi, qu'il n'y a plus de raison de changer.

J'ai tenu le même raisonnement quand j'ai loué, pour Yvette, la chambre du boulevard Saint-Michel, puis quand je l'ai installée rue de Ponthieu. Une force obscure, depuis que je la connais, me pousse en avant, indépendante de ma volonté.

Il m'est de plus en plus pénible de demeurer en tête à tête avec Viviane, de l'accompagner en ville, d'être, pour tout le monde, son mari, son compagnon, alors qu'Yvette se morfond à m'attendre.

Se morfond-elle réellement ? Je ne suis pas loin de le croire. De mon côté, je ressens toujours le même « manque », le même déséquilibre angoissant dès que je suis loin d'elle.

Un moment viendra où j'envisagerai la seule solution acceptable : qu'elle partage entièrement ma vie. Je n'ignore pas ce que cela signifie, ni les conséquences inévitables. Cela m'apparaît encore comme une impossibilité, mais j'ai vu tant d'autres impossibilités se réaliser avec le temps !

Il y a un an, le quai d'Orléans aurait eu l'air d'une impossibilité aussi, et encore il y a trois mois.

Viviane, qui le sent, se prépare à la lutte. Car elle ne renoncera pas sans se défendre férocement. Je n'aurai pas qu'elle, j'aurai le monde contre moi, le Palais, les journaux, nos amis qui sont davantage ses amis que les miens.

Ce n'est pas pour demain. Cela reste dans le domaine du rêve. Je me raccroche au présent, m'efforce de m'y complaire et de le trouver acceptable. Je n'en reste pas moins assez lucide pour comprendre que ce n'est pas fini.

A cause de cet état d'esprit-là, justement, notre partie à trois d'avant-hier me cause du souci. Du moment que cela s'est produit une fois, cela se produira encore. Peut-être est-ce le moyen qu'Yvette n'aille pas chercher ses plaisirs ailleurs, mais il est possible que cela ne s'arrête pas là et que ce qui a eu lieu quai d'Orléans ait fatalement lieu plus tard quai d'Anjou.

Après une douche froide, j'étais déjà, le mercredi matin, dans mon cabinet de travail à huit heures et quart, donnant quelques coups de téléphone et expédiant les affaires courantes avant la conférence que nous devions tenir à neuf heures.

Les trois hommes ont été exacts au rendez-vous et nous nous sommes mis au travail, Bordenave veillant à ce qu'on ne nous dérange pas.

Il s'agit d'une très grosse affaire, du rachat, par Joseph Bocca, et sans doute par des personnages qui sont derrière lui, d'une chaîne de grands hôtels. Un de mes interlocuteurs était le successeur de Coutelle, qui a pris sa retraite à Fécamp, un garçon plus jeune, qui porte un titre de comte et fréquente assidûment le *Fouquet's* et le *Maxim's*, où je l'ai souvent aperçu.

Nous avions vis-à-vis de nous un de mes confrères, avec qui je suis en excellents termes, représentant les vendeurs, accompagné d'un monsieur gras et timide, porteur d'une lourde serviette, qui s'est révélé l'expert le plus habile en matière de lois sur les sociétés.

L'opération n'a rien d'équivoque. Il s'agit seulement d'en régler les modalités de façon à éviter les taxes dans la plus large mesure possible.

Le gros monsieur a offert des cigares et, à dix heures du matin, l'air de mon bureau était bleuâtre, l'odeur celle d'un fumoir après dîner. J'entendais de temps à autre la sonnerie du téléphone dans le bureau voisin et savais que Bordenave était là pour répondre. Je ne m'inquiétais pas. Elle a pour instructions, depuis longtemps, de me déranger au milieu de n'importe quel travail, de n'importe quel entretien, aussitôt qu'Yvette appelle, et c'est arrivé plusieurs fois. J'imagine ce qu'il en a coûté à ma secrétaire d'obéir à mes ordres.

Il était un peu plus de dix heures et demie, et notre conférence durait toujours, quand un petit coup a été frappé à la porte. Bordenave est entrée sans attendre de réponse, comme je lui ai recommandé de le faire, s'est approchée du bureau sur lequel elle a posé une fiche de visiteur, restant là pour attendre la réponse.

Il n'y avait qu'un mot, tracé au crayon à bille, un nom : Mazetti.

— Il est là ?

— Depuis une demi-heure.

Bordenave avait le visage grave, inquiet, ce qui me laisse supposer qu'elle sait de quoi il s'agit.

— Vous lui avez dit que je suis en conférence ?

— Oui.

— Vous ne l'avez pas prié de revenir ?

— Il a répondu qu'il préférait attendre. Voilà un instant, il m'a demandé de vous porter sa fiche et je n'ai pas osé le contrarier.

Mon confrère et les deux autres parlaient à

mi-voix, par discrétion, pour avoir l'air de ne pas entendre.

— Comment est-il ?

— Plus impatient que quand il est arrivé.

— Répétez-lui que je suis occupé et que je regrette de ne pouvoir le recevoir immédiatement. Qu'il attende ou qu'il revienne, à son choix.

J'ai compris alors pourquoi elle m'avait dérangé.

— Je n'ai aucune disposition à prendre ?

Je suppose qu'elle pensait à la police. J'ai hoché négativement la tête, moins rassuré que je voulais le paraître. Cette visite m'aurait moins inquiété il y a quinze jours, quand Mazetti venait faire les cent pas sous mes fenêtres, car cela aurait été alors une réaction naturelle. Je n'aime pas qu'il réapparaisse de la sorte après être resté deux semaines sans donner signe de vie. Cela ne s'accorde pas avec mes prévisions. Je sens quelque chose qui cloche.

— Je m'excuse, messieurs, de cette interruption. Où en étions-nous ?

— S'il s'agit d'une affaire importante, nous pouvons peut-être nous revoir demain ?

— Pas du tout.

J'ai été assez maître de moi pour continuer la discussion pendant trois quarts d'heure, et je ne crois pas avoir eu une seule inattention. On prétend, au Palais, que je suis capable d'écrire le texte d'une plaidoirie difficile tout en dictant mon courrier et en donnant par surcroît des coups de téléphone. C'est exagéré, mais il est vrai que je peux suivre deux idées à la fois sans perdre le fil de l'une ou de l'autre.

A onze heures et quart mes visiteurs se sont

levés, le petit gros a rangé ses documents dans sa serviette, a offert une nouvelle tournée de cigares, comme pour nous récompenser, et nous nous sommes serré la main devant la porte.

Le temps, une fois seul, de revenir à mon fauteuil de bureau et Bordenave entrait.

— Vous le recevez maintenant ?

— Il est toujours nerveux ?

— Je ne sais pas si on peut appeler ça de la nervosité. Ce qui ne me plaît pas, c'est son regard fixe, et le fait qu'il parle tout seul dans le salon d'attente. Vous croyez que vous faites bien de...

— Vous l'introduirez dès que je sonnerai.

J'ai fait quelques pas de long en large, sans raison définie, comme les athlètes s'assouplissent les muscles avant une performance. J'ai jeté un coup d'œil sur la Seine puis, assis, ouvert le tiroir où l'automatique se trouve à portée de ma main. J'ai posé une feuille de papier dessus, afin que, le tiroir ouvert, l'arme ne soit pas en vue et que cela ne prenne pas les allures d'une provocation. Je sais qu'elle est chargée. Je ne pousse pas la prudence jusqu'à retirer la sûreté.

Je presse le bouton et j'attends. Bordenave doit aller chercher mon visiteur dans le salon d'attente, le petit, je suppose, celui où Yvette, il y a un peu plus d'un an, m'a attendu longtemps, elle aussi. J'entends les pas de deux personnes qui se rapprochent, un coup léger, et le battant de la porte bouge.

Mazetti s'avance d'un mètre environ et me paraît plus petit que dans mes souvenirs, plus gauche aussi, faisant davantage ouvrier d'usine qu'étudiant.

— Vous désirez me parler ?

Je lui désigne le fauteuil, de l'autre côté de mon bureau, mais il attend, debout, que ma secrétaire ait refermé la porte, écoute pour s'assurer qu'elle s'éloigne.

Il a vu sortir mes trois visiteurs. L'air est encore opaque de fumée et il y a des bouts de cigares dans le cendrier. Il a enregistré tout cela. Il sait donc que Bordenave ne lui a pas menti.

Il est rasé de frais, proprement vêtu. Il ne porte pas de pardessus, mais un blouson de cuir, car il a l'habitude de se déplacer en motocyclette. Je le trouve maigri et ses yeux sont enfoncés dans les orbites. Je le croyais beau. Il ne l'est pas. Ses yeux sont trop rapprochés, son nez, qui a dû être cassé, reste de travers. Il ne m'impressionne pas. J'en ai plutôt pitié et, un instant, je me figure qu'il est venu ici pour me faire des confidences.

— Asseyez-vous.

Il refuse. Il n'a pas envie de s'asseoir. Debout, les bras ballants, il hésite, ouvre deux ou trois fois la bouche avant d'articuler :

— J'ai besoin de savoir où elle est.

Sa voix est rauque. Il n'a pas eu le temps de l'accorder, ni de se familiariser avec l'atmosphère un peu solennelle de mon bureau à galerie. D'autres que lui en ont été intimidés.

Je ne m'attendais pas, tout de go, à une question aussi simple, aussi nette, et je reste un moment à chercher une réponse.

— Permettez-moi de vous dire, d'abord, que rien ne vous prouve que je sache où elle se trouve.

Chacun de nous a dit « elle », comme s'il n'était pas besoin de citer de nom.

Sa lèvre s'est légèrement tordue en un sourire amer. Sans lui laisser le temps de riposter, j'ai poursuivi :

— En supposant que je le sache et qu'elle ne désire pas que son adresse soit connue, je n'ai aucun droit de vous la communiquer.

Il fixe le tiroir entrouvert, répète :

— J'ai besoin de la voir.

Cela me gêne qu'il reste debout, alors que je suis assis, et je n'ose pas me lever, car je veux rester à portée de l'automatique. La situation est ridicule et je ne voudrais pour rien au monde que notre entrevue soit enregistrée par un appareil de cinéma ou par un magnétophone.

Quel âge a-t-il ? Vingt-deux ans ? Vingt-trois ? Jusqu'ici, j'ai pensé à lui comme à un homme : il était le mâle qui poursuivait Yvette, or voilà qu'il m'apparaît comme un gamin.

— Ecoutez-moi, Mazetti...

Ce n'est pas ma voix non plus. Je cherche le ton, sans le trouver, et ne suis pas fier du résultat.

— La personne dont vous parlez a pris une décision et vous l'a communiquée honnêtement...

— C'est vous qui avez dicté la lettre.

Je rougis. Je n'arrive pas à m'en empêcher.

— Si même je la lui ai dictée, elle l'a écrite, sachant ce qu'elle faisait. Elle a donc décidé de son avenir en toute connaissance de cause.

Il lève les yeux pour me lancer un regard triste et dur tout ensemble. Je commence à comprendre ce que Bordenave a voulu dire.

Peut-être à cause de ses épais sourcils qui se rejoignent, son visage prend une expression sournoise, on sent chez lui une violence contenue qui pourrait éclater à tout instant.

Pourquoi n'éclate-t-elle pas ? Qu'est-ce qui le retient d'élever la voix pour m'accabler d'injures et de reproches ? N'est-ce pas surtout le fait que je suis un homme important, célèbre, et que je le reçois dans un cadre dont la richesse l'impressionne ?

Il est fils d'un maçon et d'une laveuse de vaisselle, a été élevé avec ses frères et sœurs dans un quartier pauvre et a entendu parler des patrons comme d'êtres inaccessibles. Pour lui, à partir d'un certain niveau social, les hommes sont faits d'une autre pâte que la sienne. J'ai presque connu ça, moi aussi, à mes débuts boulevard Malesherbes, et pourtant je n'avais pas un si lourd héritage d'humilité.

— Je veux la voir, répète-t-il. J'ai des choses à lui dire.

— Je regrette de ne pas être en position de vous satisfaire.

— Vous refusez de me donner son adresse ?

— J'en suis désolé.

— Elle est encore à Paris ?

Il a essayé de ruser, de m'avoir par la bande, comme Yvette l'aurait fait. Je le regarde sans rien dire et il reprend d'une voix plus sourde, la tête penchée, sans me regarder :

— Vous n'avez pas le droit d'agir ainsi. Vous savez que je l'aime.

N'ai-je pas tort de riposter :

— Elle ne vous aime pas.

Vais-je commencer à discuter de l'amour avec un jeune homme, m'efforcer de lui prouver que c'est à moi qu'Yvette appartient, disputer nos titres respectifs à sa possession ?

— Donnez-moi son adresse, répète-t-il, le front têtu.

Et, comme il porte la main à sa poche, j'ai un léger mouvement vers le tiroir ouvert. Cela, il le comprend aussitôt. C'est son mouchoir qu'il allait prendre, car il est enrhumé, et il murmure :

— N'ayez pas peur. Je ne suis pas armé.

— Je n'ai pas peur.

— Alors, dites-moi où elle se trouve.

Quel chemin sa pensée a-t-elle parcouru depuis quinze jours qu'il n'a pas donné signe de vie ? Je l'ignore. Un mur se dresse entre lui et moi. Je m'attendais à la violence et me trouve devant quelque chose de feutré, de malsain, d'inquiétant. L'idée m'est même venue qu'il s'était introduit dans mon bureau avec l'intention de s'y suicider.

— Dites-le-moi. Je vous promets que c'est elle qui décidera.

Il ajoute, pour me tenter :

— Qu'avez-vous à craindre ?

— Elle ne veut pas vous revoir.

— Pourquoi ?

Que répondre à cette question-là ?

— Je regrette, Mazetti. Je vous prie de ne pas insister, car ma position ne changera pas. Vous l'aurez bientôt oubliée, croyez-moi, et alors...

Je me suis arrêté à temps. Je ne pouvais quand même pas aller jusque-là, lui dire :

— ... et alors, vous me serez reconnaissant.

A cet instant, j'ai eu une bouffée de chaleur aux joues, car une image de la veille m'est revenue, nos trois corps nus dans l'eau trouble d'un miroir.

— Je vous le demande encore...

— C'est non.
— Vous rendez-vous compte de ce que vous faites ?
— J'ai depuis longtemps l'habitude de prendre la responsabilité de mes actes.
Il me semblait que je récitais un mauvais texte dans une pièce plus mauvaise encore.
— Vous vous en repentirez un jour.
— Cela ne regarde que moi.
— Vous êtes cruel. Vous êtes en train de commettre une mauvaise action.
Pourquoi aussi me disait-il des mots auxquels je ne m'attendais pas, dans une attitude qui ne s'accordait pas avec son corps de jeune brute ? Le comble aurait été qu'il se mette à pleurer, et peut-être cela a-t-il failli arriver, car j'ai vu sa lèvre trembler. N'était-ce pas de la rage rentrée ?
— Une mauvaise action et une lâcheté, monsieur Gobillot.
De l'entendre prononcer mon nom m'a fait tressaillir et le « monsieur » apportait soudain à notre entretien une curieuse note de formalisme.
— Encore une fois, je regrette de vous décevoir.
— Comment est-elle ?
— Bien.
— Elle n'a pas parlé de moi ?
— Non.
— Elle...
Il a vu qu'excédé je pressais le bouton.
— Vous le regretterez.
Bordenave, aux aguets, a ouvert la porte.
— Reconduisez M. Mazetti.
Alors, debout au milieu du bureau, il nous a regardés tour à tour de ses yeux lourds et cela

a duré une éternité. Il a ouvert la bouche, n'a rien dit, s'est contenté de baisser la tête et de marcher vers la sortie. Je suis resté immobile un certain temps et, quand j'ai entendu partir le moteur de la motocyclette, je me suis précipité à la fenêtre, je l'ai vu, en blouson de cuir, nu-tête, ses cheveux frisés au vent de novembre, s'engouffrer dans la rue des Deux-Ponts.

Si j'avais eu de l'alcool dans mon bureau, je m'en serais versé un verre, pour faire passer le mauvais goût que j'avais à la bouche et qui me semblait être le mauvais goût de la vie.

Il m'a troublé plus qu'inquiété. Je sens que je vais me poser de nouvelles questions, auxquelles il ne sera pas facile de répondre.

J'ai dû m'interrompre pour répondre au coup de téléphone d'un adversaire qui me demandait si j'étais d'accord sur une remise. J'ai dit oui sans discuter et cela l'a surpris. Puis j'ai appelé Bordenave et, sans aucune allusion à la visite que je venais de recevoir, j'ai dicté pendant une heure et demie, après quoi je suis monté déjeuner.

Une vieille question me chiffonne, qui m'a souvent chiffonné et que je finis toujours par rejeter, à moins que je me contente d'une explication à demi satisfaisante. Depuis mon adolescence, je peux dire depuis mon enfance rue Visconti, j'ai cessé de croire à la morale conventionnelle, celle qu'on apprend dans les livres de classe et qu'on retrouve plus tard dans les discours officiels et dans les articles de journaux bien-pensants.

Vingt ans dans mon métier, la fréquentation

de ce qu'on appelle la société parisienne, y compris les Corine et les Moriat, n'ont pas été pour changer mon opinion.

Lorsque j'ai pris Viviane à Me Andrieu, je ne me suis pas considéré comme un malhonnête homme, ni senti coupable, pas plus que je n'ai eu un sens de culpabilité en installant Yvette boulevard Saint-Michel.

Je n'étais coupable de rien, hier non plus, lorsque Jeanine s'est mêlée à nos jeux devant le grand miroir où cela amusait Yvette de nous regarder. J'ai été plus mécontent de moi, à Sully, au bord du canal, le soir où j'ai accepté les propositions de Joseph Bocca, parce que c'était une question de principe, parce que cela ne correspondait pas à l'idée que j'avais de ma carrière.

C'est encore arrivé par la suite, c'est arrivé souvent, sur le terrain professionnel surtout, comme il m'arrive d'envier la réputation d'intégrité de certains de mes confrères, ou la sérénité des bonnes femmes qui sortent de la messe.

Je ne me repens de rien. Je ne crois à rien. Je n'ai jamais ressenti de remords mais, ce qui me trouble de temps en temps, c'est d'être saisi de la nostalgie d'une vie différente, d'une vie qui ressemblerait, justement, à celle des discours de distribution de prix et des livres d'images.

Me suis-je trompé sur mon compte dès le début de mon existence ? Mon père a-t-il connu ces angoisses-là et a-t-il regretté de ne pas être un mari et un père de famille comme les autres ?

Comme quels autres ? J'ai pu me convaincre, par l'expérience, que les « familles comme les autres » n'existent pas, qu'il suffit de gratter la surface et d'aller au fond des choses pour retrouver les mêmes hommes, les mêmes femmes, les mêmes tentations et les mêmes défaillances. Seule la façade change, le plus ou moins de franchise ou de discrétion — ou d'illusions ?

Comment se fait-il, dans ce cas, que je sois périodiquement mal à l'aise, comme s'il était possible de se comporter d'une façon différente ?

Un être comme Viviane connaît-il les mêmes troubles ?

Je la trouve, là-haut, droite et nette dans une robe de lainage sombre que ne rehausse qu'un clip de diamants.

— Tu oublies que c'est aujourd'hui la vente Sauget à l'Hôtel Drouot ?

Depuis que j'ai acheté l'appartement du quai d'Orléans, elle est prise d'une frénésie de dépenses, surtout d'objets personnels, de bijoux en particulier, comme pour se venger, ou pour établir une compensation. La vente Sauget est une vente de bijoux.

— Fatigué ?

— Pas trop.

— Tu plaides ?

— Deux affaires sans éclat. Pour la troisième, plus difficile, mon adversaire demande la remise.

Si elle pouvait seulement perdre l'habitude de me scruter comme pour surprendre mes secrets sur mon visage, ou un moment de faiblesse ! C'est devenu une manie. Peut-être l'a-t-elle toujours eue, mais auparavant je ne m'en apercevais pas.

C'est Albert qui sert à table, affairé, silencieux.

— Tu as lu les nouvelles au sujet de Moriat ?

— Je n'ai pas lu les journaux.

— Il est en train de constituer son cabinet.

— La liste que Corine nous a lue hier ?

— Avec quelques changements peu importants. Un de tes confrères sera garde des Sceaux dans le nouveau ministère.

— Qui ?

— Devine.

Je n'en ai pas la moindre idée et cela ne m'intéresse pas.

— Riboulet.

Ce que j'appellerai un honnête homme ambitieux, je veux dire un homme qui se sert de sa réputation d'honnêteté pour arriver ou, si on préfère, qui a choisi l'honnêteté parce que c'est parfois le chemin le plus facile. Il a cinq enfants, qu'il élève dans des principes rigides, et on prétend qu'il appartient au Tiers-Ordre des Oblats. Ce ne serait pas surprenant, car il est chargé de presque toutes les causes ecclésiastiques et c'est à lui que s'adressent les gens riches qui veulent faire annuler leur mariage à Rome.

— Tu as vu Pémal ?

— Pas ce matin. J'avais une conférence.

— Il continue tes piqûres ?

C'est pour me faire avouer qu'il me les donne maintenant quai d'Orléans. Cela devient pénible. Nous ne sommes pas encore ennemis, mais nous ne trouvons rien à nous dire et les repas sont de plus en plus déplaisants.

Elle ne pense qu'à me ressaisir, autrement dit à ma rupture avec Yvette, par lassitude ou pour toute autre raison, tandis que, de mon côté, mon obsession est de voir Yvette prendre sa place.

Comment nous regarder en face dans ces conditions-là ? Je suis sûr, par exemple — l'idée m'en est soudain venue à table —, que si elle était au courant de la visite de ce matin et si elle connaissait l'adresse de Mazetti, Viviane n'hésiterait pas à lui faire savoir par un moyen quelconque où Yvette se trouve.

Plus j'y pense et plus cela m'effraie. A la place de Mazetti, je me demande si je ne téléphonerais pas à Viviane pour lui poser la question qu'il m'a tant de fois répétée ce matin. Avec elle, il serait servi !

Il est temps que je reprenne mon équilibre. La plupart de mes troubles proviennent de ma fatigue et cela me donne une nouvelle idée qui suffit à chasser les autres. Puisqu'on me répète sans cesse que je devrais prendre des vacances, pourquoi ne pas profiter de celles de Noël et aller quelque part, à la montagne ou sur la Côte d'Azur, avec Yvette ? Ce serait la première fois que nous voyagerions ensemble, la première fois aussi qu'elle verrait d'autres décors que Lyon et Paris.

Comment Viviane réagira-t-elle ? Je prévois du tirage. Elle se défendra, parlera du tort que cela me ferait du point de vue professionnel.

Me voilà tout excité à cette perspective. Je parlais d'une nouvelle étape. J'essayais de deviner ce qu'elle serait. Or, la voici : un voyage, tous les deux, comme un vrai couple !

Rien que ce mot couple me paraît merveilleux. Nous n'avons jamais formé un couple, Yvette et moi. Pour quelques jours, tout au moins, nous en serons un et, à l'hôtel, le personnel l'appellera madame.

Comment, en quelques minutes, mon humeur a-t-elle pu changer à ce point-là ?

— Qu'est-ce que tu as ?

— Moi ?

— Oui. Tu viens de penser à quelque chose.

— C'est toi qui m'as parlé de ma santé.

— Et alors ?

— Rien. L'idée m'est venue que Noël n'est pas loin et que je m'offrirai peut-être du repos.

— Enfin !

Elle ne soupçonne pas la vérité, sinon elle n'aurait pas soupiré avec soulagement :

— *Enfin !*

Il faut que je monte un instant chez Yvette, en me rendant au Palais, afin de lui annoncer la grande nouvelle. Comment mon projet se réalisera-t-il, je l'ignore encore, mais je sais qu'il se réalisera.

— Où comptes-tu aller ?

— Je n'en ai pas la moindre idée.

— A Sully ?

— Sûrement pas.

Je ne sais par quelle aberration nous avons acheté une maison de campagne à proximité de Sully. Dès la première année, j'ai trouvé la forêt d'Orléans triste, oppressante, et j'ai horreur des gens qui ne parlent que de sangliers, de fusils et de chiens.

— Il y a longtemps que Bocca t'offre l'hospitalité dans sa propriété de Menton, même en son absence. On dit que c'est unique.

— Je verrai.

Elle commence à s'inquiéter, car j'ai dit « je » et je ne lui demande pas son avis. Est-ce que je deviens féroce ? Je m'en veux, et pourtant je ne peux me retenir. Je suis gai. Je n'ai plus de problèmes. Nous allons, Yvette et moi, partir en vacances et jouer à monsieur-madame. Ce mot-là va l'émouvoir. Il ne m'était pas encore venu à l'esprit. Quand nous sortons, à Paris, on l'appelle toujours mademoiselle. Dans un hôtel de la montagne ou de la Riviera, il en sera autrement.

— Tu es pressé ?

— Oui.

Dommage qu'il y ait trois semaines à attendre. Cela me paraît une éternité et, comme je me connais, je vais me mettre à appréhender toutes sortes d'empêchements. Pour bien faire, c'est aujourd'hui qu'il faudrait partir et, du coup, je ne penserais plus à la visite de Mazetti, ni à notre écœurant tête-à-tête. Pour un peu, je laisserais mes affaires en plan et m'en irais sans avertir Viviane.

J'imagine sa tête, recevant un télégramme, ou un coup de téléphone, de Chamonix ou de Cannes !

— Il ne s'est rien passé, ce matin ? me demande-t-elle comme sans y toucher.

Ça y est ! Elle devine, une fois de plus, et cela m'exaspère.

— Que se serait-il passé ?

— Je ne sais pas. Tu n'es pas comme d'habitude.

— Comment suis-je ?

— Comme si tu voulais à tout prix éviter de penser à une chose ennuyeuse.

J'hésite à me fâcher, car je suis touché. Peut-être cela me soulagerait-il de me mettre en colère, ne fût-ce, comme elle dit, que pour oublier Mazetti, mais j'ai encore assez de sang-froid pour prévoir que, si je commence, il me sera difficile de m'arrêter.

Jusqu'où irais-je ? J'en ai trop sur le cœur, et

je ne suis pas préparé à la rupture aujourd'hui. Je tiens à éviter un éclat. D'ailleurs, on m'attend au Palais, dans deux Chambres différentes.

— Tu es très subtile, n'est-ce pas ?

— Je commence à te connaître.

— Tu en es si sûre ?

Elle a le sourire rentré de quelqu'un qui n'a jamais douté de soi.

— Bien plus que tu ne penses ! laisse-t-elle tomber.

Je me lève de table sans attendre qu'elle ait terminé son dessert.

— Excuse-moi.

— Je t'en prie.

A la porte, j'ai une hésitation. Cela m'en coûte de la quitter ainsi.

— A tout à l'heure.

— Je suppose que nous nous retrouvons chez Gaby pour le cocktail, non ?

— J'espère pouvoir y aller.

— Tu l'as promis à son mari.

— Je ferai mon possible.

Au moment de sortir de l'immeuble, l'idée me vient de m'assurer que Mazetti n'est pas dans les parages. Non ! Je ne vois rien. La vie est belle. Je longe le quai. Il y a une poussière blanche en suspens dans l'air, mais cela ne s'appelle pas encore de la neige. Le couple de clochards, sous le pont, est occupé à trier des vieux papiers.

L'escalier m'est familier. C'est le même, ou presque, que quai d'Anjou, avec une rampe en fer forgé toujours froide sous la main et des marches de pierre jusqu'au premier étage.

L'appartement est au troisième. J'en ai la clef. C'est un plaisir pour moi de m'en servir et pourtant, chaque fois, je suis pris d'inquiétude, car je me demande ce qui m'attend.

Dans l'entrée, j'ouvre la bouche pour annoncer la nouvelle, pour lancer d'une voix triomphante :

— Devine où nous allons passer Noël tous les deux ?

Mais Jeanine paraît, en robe noire et en tablier blanc, un bonnet brodé sur la tête, très soubrette de théâtre, et met un doigt sur ses lèvres.

— Chut !

Mon regard, déjà anxieux, l'interroge, bien que Jeanine soit souriante.

— Quoi ?

— Rien, chuchote-t-elle en se penchant. Elle dort à poings fermés.

Avec une complicité affectueuse, elle me prend la main, m'entraîne vers la porte de la chambre qu'elle entrebâille et j'aperçois dans la pénombre les cheveux d'Yvette sur l'oreiller, la forme de son corps sous la couverture, un pied nu qui dépasse.

Jeanine va le recouvrir sans bruit, revient vers moi et referme la porte.

— Vous voulez que je lui fasse un message ?

— Non. Je reviendrai ce soir.

Ses yeux pétillent. Elle doit penser à ce qui s'est passé hier et cela l'amuse, elle se tient plus près de moi que d'habitude, me frôlant de ses seins.

Au moment de sortir, je questionne :

— Il n'est venu personne ?

— Non. Qui est-ce qui serait venu ?

Elle doit être au courant. Yvette lui a sûrement raconté sa vie et j'ai eu tort de poser cette question-là.

— Vous avez pu vous reposer ? demande-t-elle à son tour.
— Un peu, oui. Merci.

J'ai eu juste le temps de me précipiter au vestiaire et de passer ma robe. Le président Vigneron, un pète-sec qui ne m'aime pas et qui a la manie de se caresser la barbe, me cherchait du regard au moment où je suis entré en coup de vent dans le prétoire.
— Affaire Guillaume Dandé contre Alexandrine Bretonneau, récitait l'huissier. Guillaume Dandé ? Levez-vous à l'appel de votre nom et dites : présent.
— Présent.
— Alexandrine Bretonneau ?
Il répète, impatient :
— Alexandrine Bretonneau ?
Le président scrute les rangs de visages comme s'il allait la découvrir dans la foule anonyme et la femme paraît enfin, grasse, essoufflée, après avoir attendu une heure dans une autre Chambre vers laquelle on l'a aiguillée par erreur.
Elle lance, du fond de la salle :
— Voilà, monsieur le juge ! Je vous demande pardon...
Il règne une odeur de bâtiment officiel et d'humanité mal lavée, qui est un peu mon odeur d'écurie.
Ne suis-je pas ici chez moi ?

## 7

J'allais écrire que, ces derniers temps, ma vie a été trop remplie pour me laisser le loisir d'ouvrir l'armoire au dossier. Elle ne l'était pas moins les semaines précédentes. Lassitude ? Ou bien n'ai-je pas ressenti le même besoin de me rassurer ?

J'ai pourtant griffonné, de temps en temps, des mots sur mon bloc-notes, sortes de pense-bête que je passe en revue en les expliquant.

*Jeudi 1er décembre*

« Pantalons ski. Pémal. »

C'est le mardi soir, deux jours avant cette note, que j'ai parlé de vacances à Yvette et sa réaction a été inattendue. Elle m'a regardé avec méfiance, m'a dit :

— Tu veux m'envoyer quelque part pour te débarrasser de moi ?

Je ne me souviens pas de la phrase que j'avais employée, une phrase dans le genre de :

— Prépare-toi à passer Noël à la montagne ou sur la Côte d'Azur.

L'idée ne lui est pas venue que je pourrais l'accompagner. Je l'ai rassurée, mais elle n'en est pas moins restée inquiète un bout de temps, trouvant que c'était trop beau.

— Ta femme te laissera partir ?

J'ai menti pour éviter qu'elle se tracasse.

— Elle est prévenue.

— Qu'est-ce qu'elle a dit ?

— Rien.

Alors, seulement, elle a appelé Jeanine, par besoin d'un public.

— Tu sais ce qu'il m'annonce ? Nous allons passer Noël dans la neige.

Cela a été mon tour de froncer les sourcils, car je ne compte pas emmener Jeanine. Ce n'est heureusement pas ça qu'Yvette a entendu par le « nous ».

— Ou sur la Côte d'Azur, ai-je ajouté.

— Si j'ai le choix, j'aime mieux la montagne. Il paraît que sur la Côte, l'hiver, il n'y a que de vieilles gens. Qu'y faire, d'ailleurs, puisqu'on ne peut pas se baigner ni se brunir au soleil ? J'ai toujours rêvé de ski. Tu sais, toi ?

— Un peu.

J'ai pris quelques leçons, voilà longtemps.

Le lendemain, quand je suis allé la voir, elle portait, autant pour me les montrer que pour son propre plaisir, des pantalons de ski en gabardine noire, très tendus, qui moulaient son petit derrière rond.

— Tu aimes ?

Pémal, qui venait nous faire nos piqûres, l'a trouvée ainsi et elle a baissé culotte comme un homme. Dans l'antichambre, il n'a pu s'empêcher de marquer un temps d'arrêt devant les skis qu'elle a achetés aussi et de me lancer un regard interrogateur. J'ai dit :

— Mais oui ! Je me suis enfin décidé à prendre des vacances.

Je l'ai raccompagné sur le palier pour lui souffler :

— N'en parlez pas quai d'Anjou.

Yvette a acheté également un gros chandail en laine norvégienne, avec des dessins représentant des rennes. Il faudra que je m'occupe de retenir des chambres d'hôtel car, à l'époque de Noël, tout est complet à la montagne, j'en ai fait jadis l'expérience.

*Samedi 3 décembre*

« Dîner Présidence. Viviane — Mme Moriat. »

Jean Moriat, qui est président du Conseil, comme on s'y attendait, s'est installé à l'hôtel Matignon avec sa femme, la légitime, mais continue à aller coucher presque chaque nuit rue Saint-Dominique. Ce samedi-là, il donnait un dîner semi-officiel auquel, outre les collaborateurs immédiats, il avait convié quelques amis. Nous étions invités, Corine aussi, bien entendu. Mme Moriat, qu'on connaît à peine, faisait les honneurs et s'y prenait si gauchement, avec une peur si visible de gaffer, qu'on avait envie d'aller à son aide.

Je ne crois pas qu'elle souffre de la liaison de son mari. Elle ne lui en veut pas et, si elle pense que l'un des deux a des torts, elle les prend à son compte. Tout le temps de la réception, puis du dîner, elle semblait s'excuser d'être là, mal à l'aise dans une robe de grand couturier qui ne lui allait pas, et je l'ai vue, à des moments embarrassants, se tourner vers Corine pour lui demander conseil.

Elle est si foncièrement humble qu'on en arrive à ne pas oser la regarder, ni lui adresser la parole, tant on sent que cela l'embarrasse. Elle ne respire à l'aise que quand on l'oublie dans son coin, ce qui s'est produit plusieurs fois, surtout après le dîner.

Comme nous rentrions en voiture, Viviane a murmuré :

— Pauvre homme !

— Qui ?
— Moriat.
— Pourquoi ?
— C'est terrible pour lui, dans sa situation, d'être affublé d'une pareille femme. Si elle avait un peu de dignité, il y a longtemps qu'elle lui aurait rendu sa liberté.
— Il lui a proposé le divorce ?
— Je ne pense pas qu'il ait osé.
— S'il était libre, Corine l'épouserait-elle ?
C'est presque impossible qu'ils se marient. Cela constituerait un suicide politique, car Corine est trop riche et on l'accuserait, lui, d'avoir fait un mariage d'argent. Tous les deux tiennent, à mon avis, à garder la pauvre femme comme paravent.
Si cette réflexion m'a frappé, c'est parce qu'elle souligne la cruauté de Viviane pour les faibles et qu'elle indique comment, dans son for intérieur, elle doit juger Yvette, sur quel ton elle parle d'elle à ses amies.
— C'est sérieux, ton projet de vacances ?
— Oui.
— Où ?
— Je l'ignore encore.
Non seulement elle pense toujours m'accompagner, mais elle est sûre que je choisirai la Côte car, les rares fois que nous sommes allés à la montagne, je me suis plaint de m'y sentir dans un climat hostile. Je parierais qu'elle va, sans tarder, se commander des toilettes pour la Riviera et me promets de ne souffler mot avant la dernière minute.

*Dimanche 4 décembre*

« Culotte Jeanine. »

Je me demande ce que Bordenave a pensé si elle a vu cette note-là sur mon bloc. Ce dimanche-là, comme la plupart des autres dimanches, j'ai passé l'après-midi quai d'Orléans. Il gelait. Les passants marchaient vite et, dans l'appartement, le feu de bûches répandait une bonne odeur. Yvette m'a demandé :

— Tu ne tiens pas à sortir ?

Il lui vient le goût de se calfeutrer, de se blottir, ronronnante, dans l'atmosphère surchauffée du salon ou de la chambre à coucher et Jeanine, comme il fallait s'y attendre, prend une place de plus en plus grande dans son intimité, dans la nôtre aussi, ce qui n'est pas sans parfois me gêner. Je me rends compte que, pour Yvette, c'est un bien. Elle n'a jamais été aussi détendue, presque toujours gaie, d'une gaieté qu'on ne sent pas factice comme autrefois. Je n'ai pas l'impression qu'elle pense beaucoup à Mazetti.

Je suis arrivé à temps pour prendre le café et, comme Jeanine nous le servait, Yvette m'a conseillé :

— Tâte ses fesses.

Sans savoir pourquoi elle me demandait cela, j'ai passé la main sur la croupe tandis qu'Yvette poursuivait :

— Tu ne remarques rien ?

Si. Sous la robe, il n'y avait pas de sous-vêtements, pas de linge, rien que la peau sur laquelle le tissu noir glissait librement.

— Nous avons décidé qu'elle ne porterait

plus de culotte dans l'appartement. C'est plus amusant.

Une fois sur deux, maintenant, lorsque nous faisons l'amour, elle me demande la permission d'appeler Jeanine et, dimanche, elle ne me l'a même pas demandé, on aurait dit que cela allait de soi.

Il y a une légèreté charmante dans leur humeur à toutes les deux dès qu'elles sont ensemble et, souvent, en arrivant, je les entends chuchoter, pouffer de rire, il leur arrive aussi, par-dessus mon épaule, d'échanger des regards complices. Jeanine, qui paraît avoir trouvé son climat, s'épanouit et devient aux petits soins pour Yvette et pour moi. Parfois, en me reconduisant, elle me demande à voix basse :

— Comment la trouvez-vous ? Elle semble heureuse, n'est-ce pas ?

C'est vrai, mais je l'ai vue jouer trop de rôles pour ne pas me tenir sur la défensive. Lorsque nous sommes restés étendus, à regarder les flammes qui dansaient, Yvette s'est mise à raconter ses expériences d'un ton badin, ironique, qui ne s'harmonise pas toujours avec les images évoquées, car j'ai appris par elle des perversions que je ne soupçonnais pas, dont certaines m'ont accablé. Elle en fait un jeu, à présent, s'adressant surtout à Jeanine, qui boit ses paroles en frémissant.

Ce dimanche-là, j'ai découvert qu'Yvette n'est pas si inconsciente qu'elle s'efforce de le paraître. Quand nous avons été seuls tous les deux et que la lumière a été éteinte, elle s'est blottie dans mes bras, je la sentais de temps en temps trembler et je lui ai demandé à un moment donné :

— A quoi penses-tu ?

Elle a secoué la tête, me frottant la joue de ses cheveux, et c'est seulement quand une larme a roulé sur ma poitrine que j'ai su qu'elle pleurait. Elle était incapable de parler tout de suite. Emu, je l'étreignais tendrement.

— Dis-moi, maintenant, petite fille.

— Je pensais à ce qui arriverait.

Elle s'est remise à pleurer, poursuivant en phrases hachées :

— Je ne pourrais plus le supporter. Je fais la brave. J'ai toujours fait la brave, mais...

Elle reniflait ; j'ai compris qu'elle se mouchait dans le drap.

— Si tu me laissais, je crois que j'irais me jeter dans la Seine.

Je sais qu'elle ne le ferait pas, parce que la mort la terrifie, mais elle essayerait peut-être, pour se raviser à la dernière minute, peut-être pour provoquer la pitié des passants. Il n'en est pas moins sûr qu'elle serait malheureuse.

— Tu es le premier à m'avoir donné une chance de vivre proprement et je me demande encore pourquoi. Je ne vaux rien. Je t'ai fait souffrir et je te ferai souffrir encore.

— Chut !

— Cela te contrarie, avec Jeanine ?

— Non.

— Il faut bien qu'elle ait du plaisir aussi. Elle est gentille avec moi. Elle ne sait qu'inventer pour me rendre la vie agréable et il m'arrive, quand tu n'es pas là, de n'être pas toujours drôle.

Je fais la part de la comédie. Il y en a toujours, mêlée à sa sincérité. La dernière phrase, par exemple, est de trop, et je me suis demandé si, au contraire, ce n'est qu'une fois seule avec Jeanine qu'elle se montre le plus gaie. Il en est pour elle comme pour Mazetti. Elle a beau me voir sous mon jour le plus cru, le moins prestigieux, je n'en reste pas moins le grand avocat qui l'a sauvée et, pour elle, je suis en outre un homme riche. Je jurerais qu'elle nourrit pour Viviane du respect, de l'admiration, qu'elle serait effrayée à l'idée de prendre sa place.

— Quand tu en auras assez de moi, tu me le diras ?

— Je n'en aurai jamais assez de toi.

Les bûches crépitent, l'obscurité est teintée de rose sombre, nous entendons Jeanine, derrière la cloison, qui va et vient dans sa chambre, puis se laisse tomber lourdement sur son lit.

— Tu sais qu'elle a eu un enfant ?

— Quand ?

— A dix-neuf ans. Elle en a vingt-cinq. Elle l'a mis en nourrice, à la campagne, et ils l'ont tellement mal soigné qu'il est mort d'une maladie des intestins. Il paraît qu'il avait le ventre tout gonflé.

Ma mère aussi m'a confié à des gens de la campagne.

— Tu es heureux, Lucien ?

— Oui.

— Malgré tout le mauvais que je t'apporte ?

Elle finit heureusement par s'endormir et moi, pendant un certain temps, je pense à Mazetti. Il n'est pas revenu rôder quai d'Anjou et cela m'inquiète, m'irrite, comme toujours dès que je ne comprends pas. Je me promets de m'occuper de lui le lendemain et je finis par m'endormir à mon tour, à l'extrême bord du lit, car Yvette s'est mise en chien de fusil et je ne veux pas la réveiller.

« Grégoire. Javel. »

Je n'ai donc pas pu le faire le lundi, qui est pour moi une grosse journée, remplie surtout de coups de téléphone, car les gens qui rentrent du *week-end*, comme pris de remords, se jettent avec frénésie sur les affaires sérieuses.

Je pourrais établir une sorte de baromètre de l'humeur des gens pendant la semaine. Le mardi, ils reprennent leur équilibre, leur activité normale, mais c'est pour s'enfiévrer à nouveau le jeudi après-midi afin d'en finir au plus vite et de partir pour la campagne dès le vendredi midi, le vendredi matin si possible.

C'est donc le mardi, d'après mon bloc, que j'ai téléphoné à Grégoire, que j'ai connu au Quartier latin et qui est devenu professeur à la Faculté de Médecine. Nous ne nous voyons pas une fois tous les cinq ans, mais nous continuons, par habitude, à nous tutoyer.

— Comment vas-tu ?

— Et toi ? Ta femme ?

— Bien, merci. Je voudrais te demander un service car je ne sais pas à qui m'adresser.

— A ta disposition, si c'est de mon ressort.

— Il s'agit d'un étudiant, un certain Léonard Mazetti.

— Ce n'est pas une question d'examens, au moins ?

La voix, du coup, est devenue plus froide.

— Non. J'aimerais savoir s'il est réellement inscrit à l'Ecole de Médecine et si, les derniers temps, il a suivi assidûment les cours.

— En quelle année est-il ?

— Je l'ignore. Il doit avoir vingt-deux ou vingt-trois ans.

— Je dois m'adresser au secrétariat. Je te rappellerai tout à l'heure.

— Ce sera fait discrètement ?

— Bien entendu.

Il se demande pourquoi je m'occupe de ce jeune homme. Moi-même, je me demande pourquoi je me donne tout ce mal. Car ce n'est pas fini. J'appelle encore la direction de Citroën, quai de Javel. J'ai eu l'occasion, il y a quelques années, de plaider pour la société et d'entrer ainsi en contact avec un des sous-directeurs.

— M. Jeambin est-il toujours chez vous ?

— Oui, monsieur. De la part de qui ?

— M^e Gobillot.

— Un instant. Je vais voir s'il est à son bureau.

Une voix différente, un peu plus tard, celle d'un homme occupé.

— Oui.

— Je voudrais vous demander un petit service, monsieur Jeambin...

— Pardon, qui est à l'appareil ? La standardiste n'a pas bien compris le nom.

— Gobillot, l'avocat.

— Comment allez-vous ?

— Bien, merci. Je voudrais savoir si un certain Mazetti travaille chez vous comme manœuvre et, dans l'affirmative, s'il ne s'est pas absenté d'une façon anormale les derniers temps.

— C'est facile, mais cela prendra un moment. Voulez-vous me rappeler dans une heure ?

— Je préférerais qu'il n'en sache rien.

— Il s'est mis dans un mauvais pas ?
— Pas du tout. Rassurez-vous.
— Je m'en occupe.

J'ai eu les deux réponses. Mazetti n'a pas menti. Il travaille depuis trois ans quai de Javel où ses absences sont rares, coïncident presque toujours avec les périodes d'examens, sauf les dernières qui se situent à l'époque où il guettait Yvette sur le trottoir de la rue de Ponthieu. Encore, cette semaine-là, n'a-t-il chômé que deux fois.

Il en est de même à l'Ecole de Médecine, où il fait sa quatrième année et où il a séché les cours pendant une semaine à la même époque.

Grégoire a ajouté :

— Je me suis renseigné sur le garçon, ne sachant pas au juste ce que tu veux. Ce n'est pas un sujet brillant, son intelligence est très moyenne, pour ne pas dire en dessous de la moyenne, mais il met une telle volonté à étudier qu'il passe ses examens avec de bonnes notes et qu'il viendra à bout de ses études. Il fera, paraît-il, un excellent médecin de campagne.

Mazetti a donc repris le rythme régulier de son existence, travaillant la nuit quai de Javel, et, le jour, se rendant à ses cours ou à l'amphithéâtre.

Cela indique-t-il qu'il s'est calmé et commence à guérir ? Je voudrais le croire. Je pense à lui le moins possible.

Sans lui, la période actuelle serait la meilleure que j'aie connue depuis longtemps.

« Saint-Moritz. »

Cette fois, il neige à gros flocons mous qui ne tiennent pas encore sur le sol mais laissent déjà des traînées blanches sur les toits. Cela m'a rappelé que je dois retenir notre chambre d'hôtel si nous voulons partir en vacances à Noël. J'ai hésité, pensant d'abord à Megève ou à Chamonix, où nous sommes allés jadis avec Viviane. J'ai lu dans un journal que tout y est loué pour les fêtes. Cela ne signifie pas qu'il n'y a plus de place, je sais comment sont faits les journaux, mais cela m'a rappelé que beaucoup de mes jeunes confrères, férus de ski, se retrouvent dans ces deux stations.

Je n'ai pas l'intention de cacher Yvette. Je n'ai pas honte d'elle. En outre, j'ai de bonnes raisons de croire que tout le monde est au courant.

Il n'en serait pas moins déplaisant de nous trouver dans le même hôtel que des avocats que je rencontre chaque jour au Palais, surtout qu'ils seront accompagnés de leur femme. Je me moque de jouer un rôle ridicule. Je serai forcément ridicule à skis. Mais je veux éviter à Yvette tout incident qui pourrait gâcher nos vacances et, avec certaines femmes, cela pourrait arriver.

C'est pourquoi je me suis décidé, en fin de compte, pour Saint-Moritz. Le public y est différent, plus international, moins familier. Le décor luxueux du *Palace* la dépaysera au début, mais nous garderons plus facilement un certain anonymat.

J'ai donc téléphoné. J'ai eu le chef de la réception au bout du fil et il a paru connaître mon nom, encore que je ne sois jamais descendu chez lui. Presque complet, m'a-t-il affirmé, tout en me réservant néanmoins une chambre, une salle de bains et un petit salon. Il a précisé :

— Avec vue sur la patinoire.

Le même jour, Viviane, après dîner, a ouvert le dernier numéro de *Vogue* et m'a montré une robe blanche à plis lourds qui ne manque pas d'allure.

— Tu aimes ?

— Beaucoup.

— Je l'ai commandée cet après-midi.

Pour Cannes, je n'en doute pas. La robe s'appelle « Riviera », mais je n'ai pas souri, je n'en ai pas eu envie car, à mesure que l'heure des explications approche, je me rends mieux compte que ce sera dur.

D'autant plus dur que mon attitude de ces derniers temps la rassure. C'est la première fois, à ma connaissance, qu'elle se trompe grossièrement. Elle s'est d'abord inquiétée de me voir l'humeur plus légère, presque détendu. Peut-être même en a-t-elle parlé à Pémal, qui la voit assez souvent, et j'ignore ce qu'il lui aura répondu.

— J'ai l'impression que tes vitamines te réussissent.

— Pourquoi pas ?

— Tu ne te sens pas mieux qu'il y a deux semaines ?

— Je crois, oui.

Peut-être pense-t-elle aussi que, d'avoir Yvette sous la main, à deux pas de la maison, commence à créer une certaine satiété. Elle ne se doute pas que c'est le contraire qui se produit et que, maintenant, de quitter le quai d'Orléans pour quelques heures me semble une monstruosité.

Qu'elle se commande donc des robes pour la Côte d'Azur. Rien ne l'empêchera d'y aller seule pendant qu'Yvette et moi serons à Saint-Moritz.

Longtemps, j'ai eu tendance à ressentir de la pitié pour Viviane. C'est passé. Je l'observe froidement, comme une étrangère. Ses réflexions sur la pauvre Mme Moriat, au sortir de l'hôtel Matignon, y sont pour une part. J'ai découvert, en remâchant le passé, que Viviane, elle, n'a jamais eu pitié de personne.

Au départ, a-t-elle eu pitié d'Andrieu ? J'aurais mauvaise grâce à le lui reprocher, certes. C'est quand même un fait et, si elle avait trente ans aujourd'hui, ou même quarante, elle n'hésiterait pas à me sacrifier comme elle a sacrifié son premier mari.

Cela m'a remis en mémoire la façon dont il est mort et cela me gêne, au moment de me rendre à Saint-Moritz, qui n'est pas loin de Davos.

*Dimanche 11 décembre*

« Jeanine. »

Je me demande pourquoi j'ai écrit ce nom sur mon bloc en rentrant. J'ai dû avoir une raison. Ai-je eu une pensée précise, ou bien ai-je seulement songé à elle d'une façon assez vague ?

Puisque c'était dimanche, j'ai passé l'après-midi quai d'Orléans et, je m'en souviens à présent, une partie de la soirée, mais pas la nuit, car nous devions retrouver Moriat, qui avait un dîner politique, vers dix heures et demie rue Saint-Dominique. C'est ce soir-là que Viviane a annoncé que nous passerions les vacances de Noël dans le Midi, à Cannes, a-t-elle précisé sans me consulter, et Corine m'a lancé un coup d'œil qui me donne à penser qu'elle a eu vent de mes projets.

Que s'est-il passé avec Jeanine qui ne se soit pas passé les autres dimanches et certains soirs de semaine ? Elle est de plus en plus à son aise avec nous, sans inhibition aucune, et Yvette a remarqué à certain moment :

— Quand j'étais petite fille, je rêvais déjà de vivre dans un endroit où tout le monde serait nu et où on passerait le temps à se caresser, à se faire les uns aux autres tout ce dont on aurait envie.

Elle a souri à ses souvenirs.

— J'appelais ça jouer au Paradis terrestre et j'avais onze ans quand ma mère m'a surprise jouant au Paradis terrestre avec un petit garçon qui s'appelait Jacques.

Ce n'est pas à cause de cette phrase que j'ai noté le nom de Jeanine. Pas non plus, je suppose, à cause d'une autre réflexion d'Yvette, qui nous regardait gravement, Jeanine et moi, alors que nous étions accouplés.

— C'est rigolo ! a-t-elle soudain lancé avec un rire qui nous a immobilisés.

— Qu'est-ce qui est rigolo ?

— Tu n'as pas entendu ce qu'elle vient de te dire ?

— Que je lui faisais un peu mal.

— Pas exactement. Elle a dit :

» — Monsieur, vous me faites un peu mal.

» Je trouve ça drôle. C'est comme si elle te

parlait à la troisième personne pour te demander la permission de te...

La fin de la phrase était crue, l'image comique. Elle aime, en ces circonstances-là, employer des mots précis et vulgaires.

Ah ! oui, je me souviens. C'est une réflexion que j'ai faite et que j'ai voulu me rappeler, encore qu'elle ne soit pas tellement importante. Jeanine semble avoir pris Yvette sous sa protection, non pas contre moi, mais contre le reste du monde. Elle semble avoir compris ce qui nous lie, ce qui me paraît extraordinaire, et s'évertue à établir autour de nous comme une zone de sécurité.

Je ne peux pas m'expliquer avec précision. Après la séance à laquelle je viens de faire allusion, il serait ridicule de parler d'un sentiment maternel, et pourtant c'est à cela que je pense. C'est devenu un jeu pour elle, une raison de vivre aussi, de rendre Yvette heureuse. Elle m'est reconnaissante de m'y être appliqué avant elle, approuve tout ce que je fais dans ce sens.

C'est un peu comme si elle me prenait, moi aussi, sous sa protection, encore que, si je ne me comportais plus de la même façon, si une dispute, par exemple, ou un dissentiment éclatait entre Yvette et moi, je trouverais devant moi une ennemie.

Elle n'est pas lesbienne, moralement ni physiquement. Contrairement à Yvette, elle n'avait jamais eu, avant de venir quai d'Orléans, d'expériences avec des femmes.

Peu importe. Je ne me rappelle pas pourquoi j'ai pensé à cela en rentrant. Plus exactement, je ne me doutais pas que cela se relierait à un événement ultérieur.

Maintenant seulement, je sais pour quelle raison il lui est arrivé de me conseiller, ce dimanche-là :

« Ne la fatiguez pas trop aujourd'hui. »

*Mardi 13 décembre*

« Caillard. »

Une exténuante plaidoirie, trois heures à tenir les jurés à bout de bras pour obtenir une condamnation à dix ans de réclusion alors que, sans les circonstances atténuantes, que j'ai arrachées je me demande par quel miracle, mon client se serait vu infliger les travaux forcés à perpétuité.

Au lieu de m'en être reconnaissant, il m'a regardé d'un œil dur en grommelant :

— C'était bien la peine de faire tout ce foin-là !

Sur la foi de ma réputation, il comptait sur l'acquittement. Il s'appelle Caillard et j'en viens à regretter — car il le mérite — qu'on ne l'ait pas retiré pour toujours de la circulation.

J'ai trouvé Yvette déjà couchée à neuf heures du soir.

— Vous feriez mieux de la laisser dormir, m'a conseillé Jeanine.

J'ignore ce qui m'a pris. Ou plutôt je ne l'ignore pas. Après la dépense nerveuse d'une plaidoirie importante, après le mauvais moment passé dans l'attente du verdict, j'éprouve presque toujours le besoin d'une détente brutale et, pendant des années, je me précipitais dans une maison de rendez-vous de la rue Duphot. Je ne suis pas le seul dans mon cas.

Par l'entrebâillement de la porte, je venais de voir Yvette endormie. J'ai eu une hésitation, regardant d'un œil interrogateur Jeanine qui a légèrement rougi.

— Ici ? a-t-elle soufflé, en réponse à ma question muette.

J'ai fait signe que oui. Je ne voulais qu'une brève secousse. Un peu plus tard, j'ai entendu la voix d'Yvette qui nous disait :

— Vous vous amusez bien, tous les deux ? Ouvrez donc la porte, que je vous voie.

Elle n'était pas jalouse. Quand je suis allé l'embrasser, elle m'a demandé :

— Elle a bien fait ça ?

Et elle s'est tournée sur le côté pour se rendormir.

*Mercredi 14 décembre*

« ? ? ? ? »

Jeanine m'a enfin parlé, dans l'escalier où elle est venue me reconduire. A onze heures du matin, Yvette était encore au lit, pâlotte, et j'avais remarqué sur le plateau son déjeuner auquel elle n'avait pas touché.

— Ne t'inquiète pas. Ce n'est rien. Tu as les billets de chemin de fer ?

— Depuis hier. Ils sont dans ma poche.

— Ne les perds pas. Sais-tu que c'est la première fois que je vais voyager en wagon-lit ?

Parce qu'elle m'avait paru soucieuse, un peu éteinte, comme si je l'avais vue à travers un voile, j'ai demandé à Jeanine, dans l'antichambre :

— Ce n'est pas à cause d'hier ?

— Non... Chut !...

C'est alors qu'elle m'a suivi dans l'escalier.

— Il vaut mieux que je vous le dise dès maintenant. Ce qui l'inquiète, c'est qu'elle croit qu'elle est enceinte et qu'elle se demande comment vous prendrez ça.

Je suis resté immobile, une main sur la rampe, les yeux écarquillés. Je n'ai pas analysé mon émotion et j'en suis encore incapable, je sais seulement que cela a été une des plus inattendues et des plus violentes de ma vie.

Il a fallu un bon moment pour que je reprenne mon sang-froid et j'ai bousculé Jeanine en remontant les quelques marches. Je me suis précipité vers la chambre, j'ai crié :

— Yvette !

J'ignore comment était ma voix, quelle expression avait mon visage, tandis qu'elle se mettait sur son séant.

— C'est vrai ?

— Quoi ?

— Ce que Jeanine vient de m'apprendre ?

— Elle t'a dit ?

Je me demande comment elle n'a pas compris d'un coup d'œil que mon émotion était une émotion heureuse.

— Tu es fâché ?

— Mais non, mon petit ! Tout au contraire ! Et moi qui, hier soir...

— Justement !

Et c'était pour la même raison que, le dimanche, Jeanine m'avait recommandé de ne pas fatiguer Yvette !

Entre ma femme et moi, il n'a jamais été question d'enfants. C'est un sujet qu'il ne lui est pas arrivé d'aborder et j'en ai conclu, aux précautions qu'elle a toujours prises aussi, qu'elle n'en désirait pas. D'ailleurs, je ne l'ai jamais vue regarder un enfant dans la rue, sur une plage ou chez des amis. C'est pour elle un monde étranger, vulgaire, presque indécent.

Je me souviens du ton sur lequel elle a dit, alors qu'on nous annonçait que la femme d'un de mes confrères était enceinte pour la quatrième fois :

— Certaines femmes sont nées pour jouer les lapines. Il y en a même qui aiment ça !

On croirait que la maternité la dégoûte ; peut-être la considère-t-elle comme une humiliation ?

Yvette, elle, restait intimidée dans son lit, honteuse, pas pour la même raison.

— Tu sais, si tu préfères que je ne le garde pas...

— Cela t'est arrivé avant moi ?

— Cinq fois. Je n'osais rien te dire. Je me demandais ce que je devais faire. Avec toutes les complications que je t'apporte déjà...

Mes yeux étaient embués et je ne l'ai pas prise dans mes bras. J'avais peur d'être théâtral. Je me suis contenté de lui saisir la main et de l'embrasser pour la première fois. Jeanine a eu le tact de nous laisser seuls.

— Tu es sûre ?

— On ne peut jamais être sûr si vite, mais cela fait déjà dix jours.

Elle m'a vu pâlir et, comprenant pourquoi, elle s'est dépêchée de continuer :

— J'ai compté. Si c'est cela, ce ne peut être que de toi.

Ma gorge était serrée.

— Ce serait drôle, non ? Tu sais, cela n'empêche pas notre voyage en Suisse. Je reste au lit parce que Jeanine m'empêche de me lever. Elle prétend que, si je veux le garder, je dois me reposer quelques jours.

Drôle de fille ! Drôles de filles toutes les deux !

— Tu serais vraiment content ?

Evidemment ! Je n'y ai pas encore réfléchi. Elle a raison de dire que cela entraînera des complications. Je n'en suis pas moins content, ému, attendri, comme je ne me souviens pas de l'avoir été.

— Dans deux ou trois jours, s'il n'y a rien de nouveau, je verrai le médecin et on fera un test.

— Pourquoi pas tout de suite ?

— Tu veux ? Tu es pressé ?

— Oui.

— Dans ce cas, j'enverrai un spécimen au laboratoire demain matin. Jeanine ira le porter. Appelle-la.

Et, à Jeanine :

— Tu sais qu'il veut que je le garde ?

— Je sais.

— Qu'est-ce qu'il a dit, quand tu lui en as parlé ?

— Rien. Il est resté sans bouger et j'ai eu peur qu'il dégringole l'escalier, puis il m'a presque renversée pour se précipiter ici.

Elle se moque de moi.

— Il insiste pour que tu portes un spécimen au laboratoire demain matin.

— Dans ce cas, il faut que j'aille acheter une bouteille stérilisée.

Tout cela leur est familier à l'une et à l'autre.

On m'attend dans mon cabinet. Bordenave téléphone pour me demander des instructions. C'est Jeanine qui répond.

— Qu'est-ce que je lui dis ?

— Que je serai là-bas dans quelques minutes.

Il vaut d'ailleurs mieux que je m'en aille, car je n'ai plus rien à faire ici en ce moment.

*Jeudi 15 décembre*

« Spécimen envoyé. Dîner ambassade. »

Il s'agit de mon ambassadeur sud-américain qui a donné un dîner intime, mais extrêmement raffiné, pour fêter notre succès. Grâce à Moriat, les armes voguent librement vers je ne sais quel port où elles sont attendues avec fièvre et le coup d'Etat est prévu pour janvier.

Outre mes honoraires, j'ai reçu un étui à cigarettes en or.

*Vendredi 16 décembre*

« Attente. Viviane. »

Attendre le résultat du test, qu'on ne connaîtra que demain. Impatience de Viviane.

— Tu as retenu notre appartement à l'hôtel ?

— Pas encore.

— Les Bernard vont à Monte-Carlo.

— Ah !

— Tu m'écoutes ?

— Tu as dit que les Bernard vont à Monte-Carlo et, comme cela ne m'intéresse pas, j'ai fait « Ah ! ».

— Monte-Carlo ne t'intéresse pas ?

Je hausse les épaules.

— Moi, je préfère Cannes. Et toi ?

— Cela m'est égal.

Cela changera dans quelques jours, mais, pour le moment, en face d'elle, je suis presque aérien. Mon sourire la déroute, car elle ne sait plus que penser et elle se fâche soudain.

— Quand comptes-tu faire le nécessaire ?

— Le nécessaire pour quoi ?

— Pour Cannes.

— Nous avons le temps.

— Pas si nous voulons avoir un appartement au *Carlton*.

— Pourquoi au *Carlton* ?

— C'est toujours là que nous sommes descendus.

Pour en être quitte, je lui ai lancé :

— Téléphone donc, toi !

— Je peux en charger ta secrétaire ?

— Pourquoi pas ?

Bordenave m'a entendu téléphoner à Saint-Moritz. Elle comprendra, ne dira rien et aura encore les yeux rouges.

*Samedi 17 décembre*

« C'est oui. »

## 8

*Lundi 19 décembre*

Je ne sais pas ce qui s'est passé avec les fleurs et cela restera un de ces petits mystères irritants. Samedi, avant de me rendre au Palais, je suis passé chez Lachaume afin d'envoyer six bottes de roses quai d'Orléans. J'avais pris un taxi et l'avais gardé pendant que je faisais un saut dans le magasin. Je m'y vois encore, désignant à la vendeuse des roses d'un rouge sombre. Elle me connaît, m'a demandé :

— Pas de carte, maître ?

— Ce n'est pas nécessaire.

Je suis sûr d'avoir donné le nom d'Yvette et l'adresse, ou alors il faut croire qu'il me vient des absences. Le chauffeur, dehors, discutait avec un sergent de ville qui lui ordonnait de circuler et qui s'est exclamé, en me reconnaissant lui aussi :

— Excusez-moi, maître. J'ignorais qu'il était avec vous.

Quand je suis passé, avant le dîner, quai d'Orléans, je ne pensais plus aux fleurs et n'ai rien remarqué. Je ne suis pas resté longtemps, annonçant à Yvette que j'étais obligé de dîner en ville et que je la rejoindrais vers onze heures.

Quai d'Anjou, je suis monté tout de suite dans la chambre pour me changer et le sourire narquois de Viviane, occupée à sa toilette, m'a fait froncer les sourcils.

— C'est gentil à toi ! a-t-elle lancé alors que je venais de retirer ma cravate et mon veston et que je la regardais dans la glace.

— Quoi ?

— De m'avoir envoyé des fleurs. Comme il n'y avait pas de carte, j'ai supposé que c'était toi. Je me suis trompée ?

Au même moment, j'ai aperçu mes roses dans un gros vase sur un guéridon. Cela m'a rappelé qu'Yvette ne m'en avait pas parlé, que je n'avais pas remarqué de fleurs dans l'appartement.

— J'espère qu'elles ne se sont pas trompées d'adresse ? poursuivait Viviane.

Elle est persuadée que si. Je n'avais aucune raison de lui envoyer des fleurs aujourd'hui. Je ne comprends pas comment l'erreur s'est produite. J'y ai pensé plus que je n'aurais voulu, parce que ces mystères-là me tarabustent jusqu'à ce que je leur trouve une explication plausible. Chez Lachaume, j'ai donné le nom d'Yvette, j'en suis certain : *Yvette Maudet*, et je vois encore la jeune fille l'écrire sur une enveloppe. Ai-je machinalement dicté ensuite l'adresse du quai d'Anjou au lieu de celle du quai d'Orléans ?

Dans ce cas, à l'office, Albert a déballé les fleurs sans lire ce qui était écrit sur l'enveloppe, de confiance, et, sentant celle-ci vide, l'a jetée au panier. Viviane, qui a dû aboutir aux mêmes conclusions que moi, est sans doute allée fouiller celui-ci.

Il était trop tard pour envoyer d'autres fleurs et, le lendemain étant un dimanche, les magasins étaient fermés, l'idée ne m'est pas venue que j'aurais pu aller au marché aux fleurs, à deux pas. Je ne me suis rendu chez Yvette qu'après le déjeuner, car j'ai travaillé toute la matinée, et elle m'a annoncé qu'elle avait donné à Jeanine la permission de rendre visite à sa sœur, qui tient avec son mari un petit restaurant à Fontenay-sous-Bois.

Il faisait un temps idéal, froid, mais ensoleillé.

— Que dirais-tu d'aller prendre l'air ? a-t-elle proposé.

Elle a mis son manteau de castor, que je lui ai acheté au début de la saison, alors qu'elle habitait encore rue de Ponthieu, et auquel elle tient plus qu'à n'importe laquelle de ses possessions, parce que c'est son premier manteau de fourrure. Peut-être n'a-t-elle eu envie de sortir que pour le porter ?

— Où veux-tu aller ?

— N'importe où. Marcher dans les rues.

Beaucoup de couples et de familles avaient eu la même idée et, dès la rue de Rivoli, on était pris, sur les trottoirs, dans une sorte de procession qui faisait un bruit caractéristique de pieds traînant sur le pavé, un bruit de dimanche, car les gens cheminent plus lentement, n'allant nulle part, s'arrêtant à toutes les vitrines. Noël est proche et il y a partout des étalages de circonstance.

Devant les magasins du Louvre, la foule était canalisée par des barrières et nous nous sommes contentés d'admirer, du terre-plein, la féerie lumineuse qui embrase la façade entière.

— Si on allait voir ce qu'ils ont fait cette année aux Galeries et au Printemps ?

La nuit était tombée. Des familles fatiguées étaient assises autour des braseros des terrasses. J'ignore si c'est un nouveau rôle qu'elle se joue. On aurait dit qu'elle s'amusait à imiter les couples de petits-bourgeois que nous suivions et il ne nous manquait que de tirer des enfants par la main.

Elle ne parle guère de sa future maternité et, quand elle y fait allusion, c'est sans émotion, comme si c'était déjà devenu pour elle une chose naturelle. A ses yeux, cela n'a rien de mystérieux ni d'effrayant comme aux yeux d'un homme. Elle est enceinte et, pour la première fois, elle va garder son petit. C'est tout. Ce qui l'a troublée un moment, c'est que je le lui fasse garder. Elle ne s'y attendait pas.

Je me demande si ce n'est pas pour me remercier et, en même temps, pour se montrer dans le rôle rassurant qu'elle aura à jouer, qu'elle a proposé cette promenade si étrangère à ses habitudes et aux miennes.

Nous nous sommes arrêtés devant les mêmes étalages que la foule, repartant pour nous arrêter à nouveau quelques mètres plus loin, et des traînées de parfums divers, sur les trottoirs, se mêlaient à l'odeur de poussière.

— Où veux-tu dîner ?

— Si nous allions manger une choucroute ?

Il était trop tôt et nous sommes entrés dans un café des environs de l'Opéra.

— Tu n'es pas fatiguée ?

— Non. Et toi ?

J'éprouvais une certaine lassitude mais je ne suis pas certain qu'elle était purement physique. Cela n'avait d'ailleurs aucun rapport direct avec Yvette. C'était ce que j'appellerais une mélancolie cosmique, que provoquait sans doute le piétinement morne de la foule.

Nous avons dîné à la brasserie alsacienne de la rue d'Enghien où il nous est arrivé plusieurs fois de manger la choucroute, et, bien que je lui aie proposé ensuite d'aller au cinéma, elle a préféré rentrer.

Vers dix heures, alors que nous regardions la télévision, nous avons entendu la clef tourner dans la serrure et, pour la première fois, j'ai vu Jeanine endimanchée, très comme il faut dans une jupe bleu marine, un corsage blanc et un manteau bleu, avec un petit chapeau rouge sur la tête. Son maquillage était différent, son parfum aussi.

Nous avons continué à regarder la télévision. Yvette, qui avait éternué deux ou trois fois, a suggéré que nous prenions des grogs et, à onze heures et demie, tout le monde dormait dans l'appartement.

C'est une des journées les plus calmes, les plus lentes que j'aie vécues depuis longtemps. Avouerai-je qu'elle m'a laissé un arrière-goût que je préfère ne pas analyser ?

## 9

*Cannes, dimanche 25 décembre*

Il y a du soleil, des gens sans pardessus se promènent sur la Croisette dont les palmiers se découpent sur le bleu de la mer, sur le bleu violacé de l'Esterel, cependant que de petites barques blanches restent comme en suspens dans l'univers.

J'ai insisté pour que ma femme sorte avec Géraldine Philipeau, l'amie qu'elle a rencontrée dans le hall du *Carlton* à notre arrivée et qu'elle n'avait pas vue depuis des années. Cela date d'avant mon temps et elles sont tombées dans les bras l'une de l'autre.

Je vais m'appliquer à tout dire dans l'ordre, encore que cela me paraisse vain. Il y a un calendrier devant moi, dont je n'ai pas besoin pour me souvenir. Ces pages ne sont pas du même format que les autres, car je me sers du papier de l'hôtel.

Je viens de relire ce que j'ai écrit dans mon bureau le matin du 19 décembre, le lundi, comme si cela s'était passé dans un autre univers, en tout cas il y a fort longtemps, et j'ai besoin d'un effort pour me convaincre que le Noël que je suis en train de vivre est le même Noël que celui à la préparation duquel nous assistions, Yvette et moi, le dimanche, dans les rues de Paris.

Le lundi matin, je lui ai fait porter des fleurs, en prenant soin cette fois, que ce soit à elle qu'elles parviennent, et, quand je suis allé l'embrasser, à midi, elle s'en est montrée touchée. Faute d'y penser, je ne lui avais jamais offert de fleurs, sinon dans un café ou à une terrasse, presque toujours des violettes.

— Sais-tu que tu me traites comme une dame ? a-t-elle remarqué. Viens voir comme elles sont belles.

J'ai passé l'après-midi au Palais. J'avais promis à Viviane de rentrer de bonne heure car, ce soir-là, nous avions à la maison ce que nous appelons le dîner du bâtonnier, un dîner que nous donnons chaque année à toutes les vieilles barbes du Barreau.

Mon intention, en revenant par le quai d'Orléans, était de n'y monter que pour quelques instants. Il se fait qu'en traversant la passerelle qui réunit la Cité à l'île Saint-Louis, j'ai jeté un coup d'œil sur les fenêtres de l'appartement. Cela ne m'est pas habituel. Les fenêtres se découpaient en rose et je me souviens avoir fait la remarque qu'on en recevait l'impression d'un nid confortable et douillet, d'un endroit où il fait bon vivre à deux. Les jeunes couples qui se promènent sur les quais, en marchant de travers parce qu'ils se tiennent serrés par la taille, doivent parfois jeter un coup d'œil à nos fenêtres en soupirant :

— Plus tard, quand nous...

Je n'ai pas eu à me servir de ma clef car, reconnaissant mon pas dans l'escalier, Jeanine a ouvert la porte et j'ai compris que quelque chose allait mal.

— Elle est malade ?

Jeanine questionnait, me suivant à travers l'antichambre :

— Vous ne l'avez pas vue ?

— Non. Elle est sortie ?

Elle ne savait quelle contenance prendre.

— Vers trois heures.

— Sans dire où elle allait ?

— Seulement qu'elle avait envie de faire un tour.

Il était sept heures et demie. Depuis qu'elle habitait quai d'Orléans, Yvette n'était jamais rentrée aussi tard.

— Peut-être est-elle allée faire des achats ? poursuivait Jeanine.

— Elle en a parlé ?

— Pas nettement, mais elle m'a raconté tout ce qu'elle avait vu hier aux étalages. Elle va sans doute rentrer d'un moment à l'autre.

J'ai compris qu'elle n'y croyait pas. Je n'y ai pas cru non plus.

— L'idée de sortir lui est venue tout à coup ?

— Oui.

— Elle n'avait pas reçu de coup de téléphone ?

— Non. Le téléphone n'a pas sonné de la journée.

— Comment était-elle ?

C'est cela que Jeanine ne veut pas m'avouer, par crainte de trahir Yvette.

— Vous ne désirez pas que je vous serve quelque chose à boire ?

— Non.

Je me suis laissé tomber dans un fauteuil du salon, mais je n'y suis pas resté longtemps, incapable de tenir en place.

— Vous préférez que je reste, ou que je vous laisse ?

— Elle n'a pas parlé de Mazetti ?

— Non.

— Jamais ?

— Pas depuis plusieurs jours.

— Elle en parlait avec nostalgie ?

Elle dit non, et je sens que ce n'est pas tout à fait vrai.

— N'y pensez pas, monsieur. Elle va rentrer et...

A huit heures, elle n'était pas rentrée ; à huit heures et demie non plus et, quand le téléphone a sonné, je me suis précipité. C'était Viviane.

— Tu as oublié que nous avons quatorze personnes à dîner ?

— Je n'y serai pas.

— Tu dis ?

— Que je ne serai pas là.

— Qu'est-ce qui arrive ?

— Rien.

Je ne peux pas aller m'habiller pour dîner avec le bâtonnier, avec mes confrères et leurs femmes.

— Cela ne va pas ?

— Non.

— Tu ne veux pas me dire ?

— Non. Excuse-moi auprès d'eux. Invente n'importe quoi et dis-leur que je viendrai peut-être plus tard dans la soirée.

J'ai pensé à toutes les éventualités et, avec Yvette, tout est possible, même qu'elle soit pour le moment dans un hôtel de passe avec un homme qu'elle ne connaissait pas à midi. Cela lui est arrivé à l'époque de la rue de Ponthieu. Ces derniers temps, elle s'est montrée différente, avec l'air d'une autre fille, mais ses métamorphoses sont brèves.

Est-ce à cela que Jeanine pense ? Elle s'efforce de me distraire, sans trop en mettre. Elle a fini par me convaincre de boire un whisky et elle a eu raison.

— Il ne faut pas lui en vouloir.

— Je ne lui en veux pas.

— Ce n'est pas sa faute.

C'est à Mazetti qu'elle pense, elle aussi. Yvette l'a-t-elle jamais oublié ? Et même si, pendant un certain temps, il a perdu tout intérêt à ses yeux, n'est-il pas possible que l'approche des fêtes, par exemple, lui ait apporté une bouffée de souvenirs ?

Il est improbable que nous l'ayons rencontré hier dans la foule dominicale et qu'elle ne m'en ait rien dit. Mais nous avons croisé des centaines d'autres couples, d'autres hommes, parmi lesquels quelqu'un lui ressemblait peut-être, et cela a pu suffire.

Je n'en sais rien. Je nage.

Il n'est pas jusqu'à sa maternité... N'a-t-elle pas couru à Javel pour lui dire ?

Nous tressaillons tous les deux chaque fois que nous entendons des pas dans l'escalier. Ce n'est jamais pour notre étage et jamais, comme aujourd'hui, nous n'avons si bien entendu les bruits de la maison.

— Pourquoi n'allez-vous pas à votre dîner ?

— C'est impossible.

— Cela vous empêcherait de penser. Ici, vous vous rongez. Je vous promets de vous téléphoner dès qu'elle rentrera.

C'est ma femme qui téléphone, vers dix heures.

— Ils sont au salon. Je me suis échappée un instant. Tu ferais mieux de me dire la vérité.

— Je ne la connais pas.

— Elle n'est pas malade ?

— Non.

— Un accident ?

— Je l'ignore.

— Tu veux dire qu'elle a disparu ?

Il y a un silence, puis elle prononce du bout des lèvres :

— J'espère que ce n'est rien de grave.

Onze heures. C'est en vain que Jeanine a tenté de me faire manger. Je n'ai pas pu. J'ai bu deux ou trois verres d'alcool, je ne les ai pas comptés. Je n'ose pas téléphoner à la police, par crainte de mettre toute la machine en branle alors que la vérité est peut-être trop simple.

— Elle ne vous a jamais dit son adresse ?

— De Mazetti ? Non. Je sais seulement que c'est du côté du quai de Javel.

— Le nom de l'hôtel non plus ?

— Non.

L'idée me vient de me mettre à la recherche de l'hôtel de Mazetti, mais je me rends compte que c'est infaisable. Je connais le quartier et, si j'allais de meublé en meublé poser la question, on ne me répondrait même pas.

A minuit dix, Viviane me rappelle et je lui en veux de me donner chaque fois un faux espoir.

— Rien ?

— Non.

— Ils viennent de partir.

Je raccroche, et soudain je saisis mon manteau, mon chapeau.

— Où allez-vous ?

— M'assurer qu'il ne lui est rien arrivé.

Ce n'est pas la même chose que de téléphoner à la police. Je traverse le parvis Notre-Dame, pénètre, par-derrière, dans la cour de la Préfecture de Police, où on ne voit que quelques fenêtres éclairées. Les couloirs déserts, où mes pas résonnent, me sont familiers. Deux hommes se retournent à mon passage et je pousse la porte des bureaux de Police Secours où une voix me lance avec bonne humeur :

— Tiens ! M^e^ Gobillot qui nous rend visite. Quelque crime doit être en train de se commettre.

C'est Griset, un inspecteur que je connais depuis longtemps. Il vient me serrer la main. Ils sont trois dans la vaste pièce, où le standard téléphonique comporte des centaines de trous et où, de temps en temps, une lampe s'allume sur un plan mural de Paris.

Un des hommes, alors, plante une fiche dans un des trous.

— Quartier Saint-Victor ? C'est toi, Colombani ? Votre car vient de sortir. Grave ? Non ? Bagarre ? Bon.

Tous les faits divers de Paris aboutissent ici, où les trois hommes fument leur pipe ou leur cigarette et où l'un d'eux prépare du café sur un réchaud à alcool.

Cela me rappelle qu'Yvette a parlé d'acheter un réchaud à alcool, un matin, il y a très longtemps, alors que je m'habillais, fatigué jusqu'au vertige.

— Vous en prendrez une tasse, maître ?

Ils se demandent ce que je suis venu faire,

bien que ce ne soit pas la première fois que je leur rende visite.

— Vous permettez que j'utilise votre téléphone ?

— Servez-vous de cet appareil-ci. Il est direct.

Je compose le numéro du quai d'Orléans.

— C'est moi. Rien ?

Bien entendu. Je m'approche de Griset, qui a des moustaches rases dans lesquelles la cigarette a fini par tracer un cercle sombre.

— Vous n'avez pas eu connaissance d'un accident, n'importe quoi, concernant une jeune fille ?

— Pas depuis que j'ai pris mon service. Attendez.

Il consulte un cahier à couverture noire.

— Quel nom ?

— Yvette Maudet.

— Non. Je vois une Bertha Costermans, tombée malade sur la voie publique, qui a été hospitalisée, mais c'est une Belge et elle est âgée de trente-neuf ans.

Il ne me pose pas de questions. Je guette les petites lampes qui s'allument sur le plan de Paris, en particulier celles du XVe arrondissement, du quartier de Javel. L'idée m'est venue de téléphoner chez Citroën, mais les bureaux sont fermés et les ateliers ne me donneraient aucun renseignement. Même si on me répondait que Mazetti est à son travail, serais-je tout à fait rassuré ? Qu'est-ce que cela signifierait ?

— Allô ! Grandes-Carrières ! Que s'est-il passé chez vous ?... Comment ?... Oui... Je vous envoie l'ambulance...

Il se tourne vers moi.

— Ce n'est pas une femme, mais un Nord-Africain qui a reçu des coups de couteau.

Assis au bord d'une table, les jambes pendantes, mon chapeau repoussé en arrière, je bois le café qu'on m'a servi, puis, ne tenant plus en place, je me mets à marcher.

— Quel genre de fille ? demande Griset, non par curiosité, mais dans l'espoir de m'aider.

Que lui répondre ? Comment décrire Yvette ?

— Elle a vingt ans et ne les paraît pas. Elle est petite, mince, porte un manteau de castor et ses cheveux sont coiffés en queue de cheval.

Je téléphone de nouveau à Jeanine.

— C'est encore moi.

— Toujours rien.

— Je viens.

Je ne veux pas donner mon impatience en spectacle et c'est pire ici, à voir une lumière s'allumer toutes les cinq minutes, qu'au quai d'Orléans. Ils m'ont entendu. Griset promet :

— S'il y a du nouveau, je vous passerai un coup de fil. Vous êtes chez vous ?

— Non.

Je lui écris l'adresse et le numéro du quai d'Orléans.

A quoi bon raconter ma nuit par le menu ? Jeanine m'a ouvert la porte. Nous ne nous sommes couchés ni l'un ni l'autre, nous ne nous sommes pas déshabillés, nous sommes restés dans le salon, chacun dans un fauteuil, à regarder le téléphone et à sursauter chaque fois qu'un taxi passait sous les fenêtres.

Comment ai-je quitté Yvette à midi ? J'essaie de m'en souvenir et n'y parviens déjà plus. Je voudrais retrouver son dernier regard, comme s'il était susceptible de me fournir une indication.

Nous avons vu le jour se lever et, auparavant, Jeanine s'était assoupie à deux reprises, moi aussi peut-être, je ne m'en suis pas rendu compte. A huit heures, tandis qu'elle préparait le café, j'ai aperçu par la fenêtre un cycliste avec un tas de journaux sous le bras et cela m'a donné l'idée d'acheter le journal. N'y trouverais-je pas des nouvelles d'Yvette ?

Jeanine regardait les pages par-dessus mon épaule.

— Rien.

Bordenave m'a téléphoné.

— Vous n'oubliez pas que vous avez rendez-vous à dix heures avec le ministre des Travaux publics ?

— Je n'irai pas.

— Et pour les autres rendez-vous ?

— Arrangez-vous.

Par une certaine ironie, pour le vrai coup de téléphone, ce n'est pas moi qui ai décroché, mais Jeanine.

— Un instant. Il est ici, oui. Je vous le passe.

Je l'ai questionnée des yeux et j'ai compris qu'elle préférait ne rien me dire. J'avais à peine saisi le récepteur que je l'entendais éclater en sanglots derrière moi.

— Ici, Gobillot.

— L'inspecteur Tichauer, maître. Mon collègue de nuit m'a laissé la consigne de vous avertir si...

— Oui. Qu'est-il arrivé ?

— Vous avez bien dit Yvette Maudet, n'est-ce pas ? Vingt ans, née à Lyon. Celle qui, l'an dernier...

— Oui.

Je restais immobile, sans respirer.

— Elle a été tuée, cette nuit, à coups de

couteau, à l'*Hôtel de Vilna*, quai de Javel. Le meurtrier, après avoir erré plusieurs heures dans le quartier, vient de se présenter au poste de police de la rue Lacordaire. Le car s'est rendu sur les lieux et on a trouvé la victime dans la chambre indiquée. L'homme est un manœuvre, nommé Mazetti, qui a fait des aveux complets.

*Lundi 26 décembre*

Le reste, je l'ai appris par la suite et on continue à en parler dans les journaux où mon nom s'étale en grosses lettres. J'aurais pu l'éviter. Mon confrère Luciani m'a téléphoné dès qu'il a été chargé de la défense de Mazetti. Celui-ci, indifférent à ce qu'on fait de lui, s'est contenté d'indiquer, sur la liste que lui présentait le juge d'instruction, le premier nom à consonance italienne. Luciani voulait savoir s'il devait s'efforcer que mon nom ne soit pas prononcé. J'ai répondu non.

Yvette était nue quand on a retrouvé son corps, une blessure sous le sein gauche, sur l'étroit lit de fer. Je suis allé là-bas. Je l'ai vue avant qu'on l'emporte. J'ai vu la chambre. J'ai vu l'hôtel aux escaliers pleins des hommes qui lui faisaient peur.

J'ai vu Mazetti et nous nous sommes regardés, c'est moi qui ai détourné les yeux, il n'y avait pas trace de remords sur son visage.

Aux policiers, au juge d'instruction, à son avocat, il s'est contenté de répéter :

— Elle est venue. Je l'ai suppliée de rester et, quand elle a voulu repartir, je l'en ai empêchée.

Elle a donc tenté de revenir quai d'Orléans.

Auparavant, elle avait tenu à aller là-bas et on a trouvé dans la chambre un chandail norvégien en grosse laine tricotée, un chandail d'homme, pareil au sien, qui devait être son cadeau de Noël. La boîte en carton, avec le nom du magasin, était sous le lit.

Nous l'avons enterrée, Jeanine et moi, car la famille, avertie par télégramme, n'a pas donné signe de vie.

— Qu'est-ce que je fais de ses affaires ?

Je lui ai dit que je n'en savais rien, qu'elle les garde si elle en avait envie.

J'ai eu un entretien avec le juge d'instruction et lui ai annoncé que, faute de pouvoir me charger de la défense de Mazetti, comme je le voudrais, j'irai témoigner à la barre. Cela l'a surpris. Tout le monde me regarde comme si on n'arrivait pas à me comprendre, Viviane aussi.

A mon retour de l'enterrement, elle m'a demandé sans espoir :

— Tu ne crois pas que cela te ferait du bien de quitter Paris pour quelques jours ?

J'ai répondu oui.

— Où veux-tu aller ? a-t-elle poursuivi, étonnée d'une victoire si facile.

— N'as-tu pas retenu un appartement à Cannes ?

— Quand comptes-tu partir ?

— Dès qu'il y aura un train.

— Ce soir ?

— Soit.

Je ne la hais même pas. Peu importe qu'elle soit là ou qu'elle n'y soit pas, qu'elle parle ou qu'elle se taise, qu'elle se figure qu'elle continue à diriger notre destin. Pour moi, elle a cessé d'exister.

« En cas de malheur... », ai-je écrit quelque part.

Mon confrère Luciani, à qui je vais envoyer ce dossier, y trouvera peut-être de quoi faire acquitter Mazetti, lui éviter en tout cas une peine trop lourde.

Moi, je continuerai à défendre des crapules.

*Golden Gate, Cannes, le 8 novembre 1955.*

Composition réalisée par JOUVE

IMPRIMÉ EN FRANCE PAR BRODARD ET TAUPIN
La Flèche (Sarthe)
LIBRAIRIE GÉNÉRALE FRANÇAISE - 43, quai de Grenelle - 75015 Paris.
ISBN : 2 - 253 - 14282 - 4